A M.LE COMTE D. .IBRAYE.

LA VIE

ET LES

AVENTURES

DE

JOSEPH THOMPSON,

PREMIERE PARTIE.

LA VIE
ET LES
AVENTURES
DE
JOSEPH THOMPSON.
TRADUIT DE L'ANGLOIS.
PREMIERE PARTIE.

A AMSTERDAM,
CHEZ J. H. SCHNEIDER.

M. DCC. LXII.

PRÉFACE

DE

L'EDITEUR ANGLOIS.

LE Lecteur s'attend fans doute de trouver à la tête de cet Ouvrage, plus
amplement que dans le Livre même, le
détail des motifs que l'on a eus de le publier, & que nous l'entretiendrons auffi de
plufieurs autres matieres qui font ordinairement le fujet d'une Préface. Je connois la
curiofité naturelle de mes compatriotes ; je
fçais qu'ils cherchent toujours à pénétrer
jufques dans les raifons les plus intimes des
chofes, & qu'ils ne font jamais contens
qu'ils n'aient difcuté une affaire jufqu'où
elle peut aller le plus loin. Pour fatisfaire
cette curiofité de mes Lecteurs, je leur di-
rai que, quoique M. Thompfon eût déjà
paffé plufieurs années en Angleterre depuis
fon retour, le defir empreffé que le grand
nombre de fes parens & de fes amis mar-
quoient toujours de lui entendre raconter
fes aventures, lui devint à la fin incommode
& ennuyeux. Pour s'en débarraffer, il fe
rendit aux follicitations preffantes que je lui
fis de coucher par écrit les accidens divers

a

& les moins communs, dont fa vie a été
traverfée, & d'en faire une hiftoire fuivie,
qui pût, une fois pour toutes, lui fauver
l'embarras de répondre à tant de queftions,
dont on l'accabloit tous les jours. Mais en
même-tems que je faifois valloir la raifon
qu'on vient de voir, pour le déterminer à
écrire, je m'efforçai de lui perfuader qu'il
feroit fort avantageux à fes compatriotes de
voir le portrait du genre humain tel qu'il eft
réellement, luttant contre les différentes
paffions qui agitent le cœur, fur-tout lorfqu'après avoir éprouvé une longue fuite de
tentations, il parvient à furmonter les vices, & à ajouter de nouveaux triomphes
à la vertu & à la probité. En effet, après
un pareil difcours, il commença à croire
qu'il étoit de fon devoir de publier fes aventures; & il nous a indiqué au commencement de fon hiftoire les autres raifons qu'il
eût pour le faire. Si mon Auteur étoit auffi
bien connu du public en général, qu'il l'eft
de fes amis particuliers, on ne pourroit
jamais révoquer en doute la vérité de tout
ce qu'il a raconté de lui-même. Je ne crois
pas que la grande Bretagne puiffe fournir
un homme qui ait plus de mérite & d'honneur : il emporte les fuffrages de tout le
monde, & fait la joie & la confolation de
fa famille & de fes amis. Mais qu'ai-je befoin de m'étendre ici fur fon caractere,
quand il s'eft fi bien peint dans le livre que
je donne au public, où il nous a fait le portrait au naturel d'un cœur véritablement

droit & honnête ? Je connois fon pere, &
j'ai la plus grande vénération pour le fils.
Ce Gentilhomme poffede les plus excellentes qualités, & il a joint à une éducation
parfaite toute l'expérience que peut avoir
un homme qui a fréquenté le monde, &
étudié dans une grande quantité de circonftances les vrais principes qui le font agir.
Je lui ai promis de revoir & de publier fon
ouvrage ; & il m'a fait donner parole que
je le rédigerois de la façon qui me paroî-
troit la plus convenable ; mais j'avoue que
je l'ai trouvé fupérieur à toute correction :
M. Thompfon, quelque bonne idée que
j'euffe de fon efprit, a furpaffé de beaucoup
mon attente, & je ne me fuis permis d'y
faire que deux changemens. Il avoit écrit
fes aventures comme une narration fuivie ;
mais pour faire plus de plaifir au Lecteur,
& foulager fa mémoire, je l'ai divifé par
Chapitres, à chacun defquels j'ai ajouté un
fommaire. Cette méthode, quoique mo-
derne, me paroît utile & agréable : c'eft,
pour me fervir des termes d'un Auteur cé-
lébre, & élever autant d'entrepôts & de
haltes, pour raffraîchir le voyageur dans
tous les cantons de l'hiftoire qu'il parcourt.
La feconde liberté que j'ai prife, eft que
M. Thompfon ayant écrit les véritables
noms de toutes les perfonnes qui figurent
dans fon hiftoire, & la plupart de ces perfonnes étant de ma connoiffance, j'ai cru
qu'il ne feroit pas à propos de les faire paroître ainfi en public : j'ai donc changé

beaucoup de noms des perſonnages les plus remarquables & les plus connus : j'en ai ſubſtitué de fictifs , que j'ai rendus le plus qu'il m'a été poſſible , propres à exprimer le caractere des perſonnages qu'ils déſignent. J'ai pris la même liberté par rapport aux noms des villes en Angleterre, voulant empêcher , autant que faire ſe pourra , tous les mauvais effets qui auroient pu réſulter de la franchiſe & de la ſincérité de mon Auteur. J'ai eu la conſolation d'en recevoir une lettre , par laquelle il me remercie d'avoir uſé d'une précaution ſi prudente. Les noms ne ſignifient rien par eux-mêmes ; ce ſont des faits que le Lecteur demande, & des réflexions qui naiſſent tout naturellement de certaines combinaiſons d'accidens de la fortune favorable ou contraire , réflexions capables de porter l'inſtruction dans le cœur , & de le rendre meilleur.

Me voici tout ſimplement arrivé au point de dire quelque choſe de la compoſition & de la morale de l'ouvrage. La vie & les aventures de Joſeph Thompſon preſentent un tableau de la condition des mortels malheureux qui ſont expoſés aux infortunes & aux aſſauts du vice ; & qui , pour arriver à quelque but deſirable , ſont obligés de franchir un océan de troubles , qui lui ſont ſuſcités du dehors , & réſiſter à une infinité de combats au-dedans. Mon Auteur , non content de raporter les choſes ſimplement , les a déduites des premiers principes , & il a tâché de démontrer que l'homme n'aporte , en entrant dans ce monde , aucune turpitude inhérente à sa nature ; qu'il faut une longue habitude du vice & de la mauvaise compagnie , pour déraciner entierement les idées de religion & de vertu , qu'il a reçues de la nature & d'une éducation bonne & soignée : que même quand il en est venu à ce point , un esprit bien meublé, d'abord n'en est jamais entierement dégradé ; mais qu'il peut encore un jour sortir de ce bourbier qui l'environne de toutes parts , pour redevenir juste & raisonnable. Les différentes épisodes qui sont parsemées çà & là , telles que les aventures de Madame Goodvill , de M. Prim , de M. Saris , &c. ont toutes un but si visible & si marqué , qu'il n'est pas besoin d'en expliquer la morale : en un mot tout l'ouvrage tend à assurer le triomphe de la vertu toujours pure , sereine & aimable , & la défaite du vice dangereux & pernicieux pour le genre-humain , dont il ruine en même-tems l'ame & le corps.

Je dois encore considérer un moment mon Auteur sous un autre point de vue , je veux dire par raport aux réflexions , aux maximes & aux leçons instructives qu'il a dispersées presque à chaque page de ses aventures. A cet égard , je ne puis m'empêcher d'avouer que sa méthode & son esprit me charment , indépendamment de la grande affection que je lui porte , j'ai conçu une idée si haute de sa sagacité & de son sens exquis , que chaque fois que

je rencontre, en le lifant, de ces épan-
chemens d'une ame noble & généreufe,
mon affection augmente à un degré prodigieux, & devient plus forte que jamais.
Je crois que le lecteur conviendra avec
moi, qu'ils font de cet ouvrage un fyftême
de morale & de vertu, comme il eft une
hiftoire ou une fuite d'aventures.

Les François qui fe font fait renommer
par une grande quantité de Mémoires & de
vies particulieres, y ont fouvent introduit
des bagatelles & des événemens indifférens
& fecs, qui ont expofé cette efpece de
travail au ridicule & à la fatyre; mais il
eft certain que les événemens d'une vie
traverfée, s'ils font racontés avec la décence & la dignité convenables, deviennent auffi utiles & même plus, que les
exemples les plus frapans offerts par des
perfonnes vivantes, parce qu'ils font une
impreffion plus forte fur le cœur, & fe
gravent plus avant dans l'ame. Nous devons
à nos compatriotes la juftice de dire qu'ils
ont publié des ouvrages de ce genre, qui
furpaffent de beaucoup les productions de
nos voifins, & qu'ils y ont réuni toute
l'aifance & la politeffe des François, avec
le feu, la force & le ftyle nerveux des
Anglois. Je m'imagine qu'on ne difconvien-
dra que cette brave nation ne montre dans
fes Hiftoires générales & particulieres une
maniere & des fentimens qui font particuliers à une nation libre, & qui ne peuvent
jamais être imités que foiblement par des

peuples foumis à un gouvernement pure-
ment defpotique.

Le ftyle de mon Auteur eft beau, &
proportionné au fujet qu'il traite ; les aventures ordinaires y font racontées dans des termes familiers ; mais quand il le faut,
perfonne n'éleve mieux que lui fon ftyle,
& ne fe fert d'expreffions plus propres &
plus élégantes, c'eft en cela qu'on connoît l'homme, la tournure de fon efprit
& le caractere de fon ame : vous n'y
trouverez pas de ces tirades forcées &
peu naturelles de faux fublime ; il n'a
point employé d'images eftropiées ; fon
imagination n'eft point furchargée de ces
figures tirées, & de ces idées mal di-
gérées, qui n'ont jamais exifté ailleurs que
dans le cerveau de l'écrivain. Tout fon ouvrage eft une campagne unie & découverte;
les collines & les bofquets décorés de verdure qui y font parfemés çà & là, font autant
de beautés qui ajoutent à l'agrément du payfage de cette plaine fertile, fans ennuyer
ni choquer la vue. L'amour même y eft traité avec une délicateffe & une décence qui
doivent plaire & charmer ; & quoiqu'il
ait rendu au fexe tout ce qui lui eft dû,
il ne s'eft pas permis, même dans le plus
fort de fa paffion, de rien dire ou infinuer
qui foit capable de choquer l'oreille la plus
délicate, ni d'exciter la rougeur fur le vifage
de l'innocence même.

En un mot, je regarde ce livre comme une
production du premier mérite, je dirois

presque de la derniere importance , sur-
tout pour les jeunes gens de l'un & de
l'autre sexe , en ce qu'il inculque des idées
justes des choses, efface de l'esprit les préjugés faux de l'éducation , inspire des sentimens nobles & généreux, encourage à la
bienveillance , à l'amour du prochain, & à
la pratique de toutes les vertus, & des
devoirs de la société, qui doivent résider
dans le cœur des créatures raisonnables. Je
puis dire aussi, pour me servir des termes
de Pope, qu'il sert *à réveiller l'ame par
les touches délicates de l'art, à élever le génie,
& à méliorer le cœur.*

On est convenu par-tout, & dans tous
les tems, que l'histoire & les vies particulieres sont de la plus grande utilité dans
le monde, quand elles racontent les actions de l'écrivain ou du héros d'une maniere fidele & impartiale. On peut dire
que l'histoire est la source générale, & la
biographie le ruisseau qui en découle ; mais
comme la plûpart des gens ne peuvent
pas atteindre à la source , elle ne sçauroit être d'un usage aussi universel que le
ruisseau, auquel chacun peut aborder pour
étancher la soif qu'il a des connoissances ;
c'est là que comme dans un miroir transf-
parent il peut se regarder lui-même, &
aprendre à se former, pour la suite de la
vie, une conduite réguliere & louable.
D'ailleurs l'histoire traite ordinairement
des actions de personnes au - dessus de la
condition ordinaire, des grands hommes,

des Princes : or ces gens-là ne fuivant quelquefois aucunes régles eux-mêmes, ne
font guere propres à fervir de modèles
aux autres hommes qui font au-deffous
d'eux.

La vie d'un particulier raportée fidele-
ment, fur-tout lorfque, comme celle de
M. Thompfon, elle eft remplie d'une
variété d'événemens intéreffans, captive
l'efprit par le plaifir qu'elle caufe néceffai-
rement, & fe fait lire malgré qu'on en ait.
Attirés par ces morceaux qui nous fubju-
guent, nous fuivons avec plaifir le fil des
vérités les plus dures. Nous nous familia-
rifons avec les penfées les plus fublimes,
qui peut-être fans cela ne nous feroient
jamais venues dans l'efprit. La vertu, telle
que certains Philofophes & Théologiens
auftéres nous la reprefentent, a un air fi
propre à décourager, que l'ame d'un jeune homme fufceptible des attraits du plaifir, la voit avec répugnance, & refufe d'ad-
mettre un hôte incommode ; qui femble par
trop d'auftérité ne jamais dérider fon front.
C'eft delà qu'eft venue l'ancienne méthode d'inftruire par le moyen des fables. Les
hommes prudens, & ceux qui font char-
gés de l'éducation de nos jeunes gens actuels commencent à voir l'erreur qu'il a
de dire des vérités nues, de débiter des
maximes dogmatiques à leurs éleves ; auffi leur dorent-ils la pillule, & fous l'enve-
lope de petits contes, ils ont perfectionné
par degrés ce que trop de précipitation &

de févérité auroit rendu pour toujours défagréable.

Si des Auteurs ont employé leurs veilles à des ouvrages du genre biographique, ils en ont été bien dédommagés par les aplaudiffemens du public. Quelques génies engagés par la vue de l'utilité de ces livres, & par les avantages qui en réfultent, ont tâché d'étendre cette matiere, & ont publié un grand nombre de mémoires de leur invention, & de vies de perfonnes qui n'ont jamais exifté : on a vu éclorre un effain de Romans, qui fe font répandus dans le monde comme un déluge. Dans ce nombre, on en trouve dont le plan eft miférable, & qui font capables de corrompre la jeuneffe, en tournant en ridicule les actions les plus fages & les plus régulieres, & en expofant au mépris les caracteres les plus refpectables. Sans doute il fe rencontre des méchans dans tous les états ; mais il y a certains ordres de gens en particulier, dont il eft plus convenable de cacher les vices que de les expofer aux yeux du public, parce que les ignorans font fujets à faifir les mauvais côtés, & en faifant abftraction des perfonnes, à rejetter fur la profeffion, ce dont l'homme feul s'eft rendu coupable. D'autres pour aprêter à rire & flatter le goût vicieux des lecteurs, ont mis fur la fcène des caracteres finguliers & grotefques, qui n'ont jamais eu d'exiftence que dans leur imagination, & qu'on pourroit comparer à ces repre-

fentations vaines, qui nous occupent dans
les bras du fommeil. D'autres ont à la vérité de grandes beautés, qui annoncent
beaucoup de mérite dans leurs auteurs ;
mais étant prefentés comme des romans,
les lecteurs ne fe donnent pas la peine
d'en faifir la morale ; où s'ils y font attention, ils fe la reprefentent comme le fruit
d'une pure imagination, elle gliffe, ainfi
qu'un joli conte, & ne fait pas une impreffion profonde ni durable : il n'en eft pas
de même d'une vie réelle, qui, comme
celle-ci, eft fondée fur des faits d'une perfonne actuellement vivante, dans laquelle on peut compter fur tout ; qui porte avec
elle des caracteres frapans d'une fidélité qui
la diftingue de toute fiction ; où les faits &
les circonftances naiffent naturellement les
uns des autres, & où on n'aperçoit rien qui
choque la poffibilité ni la vraifemblance :
c'eft rendre un fervice réel au genre humain que de la publier. On ne peut pas
s'empêcher de comparer le caractere de
l'Auteur avec le fien propre ; on tâche d'i-
miter ce qu'il y a de beau & de louable
dans toute fa conduite, & d'éviter tout ce
qui y paroît de mauvais, d'abfurde ou de
ridicule. Pour moi je penfe que, quand des
mémoires écrits de cette maniere partent
de la plume du héros lui-même, tout s'y
trouve décrit fi parfaitement, les mouvemens de cœur y font tellement anatomifés
& dévelopés, il raporte ce qu'il fent, ou a
fenti, d'une maniere fi perfuafive, qu'il

ajoute une nouvelle force à tout ce qu'un
autre Ecrivain que lui auroit pu tâcher d'in-
culquer à ſes lecteurs : en un mot, nous
ſentons tour à tour avec lui dans chaque oc-
currence généreuſe ou malheureuſe qui lui
arrive.

Je penſe que mon Auteur paroîtra ab-
ſolument original ; il n'a marché ſur les
traces d'aucun Ecrivain précédent ; ſon ſty-
le, ſa maniere lui eſt toute particuliere, &
il n'a rien emprunté des autres que quelques beaux paſſages tirés de nos meilleurs
Poëtes, que ſa mémoire lui a rapellés tout
en écrivant. J'oſe dire que loin de l'en
blâmer, le lecteur doit plutôt regarder cette
attention comme une perfection dans l'ouvrage, & ſçavoir bon gré à l'Auteur de les
avoir ſi judicieuſement apliqués.

Ainſi je recommande la lecture de Joſeph
Thompſon à toute ſorte de perſonnes. Le
beau ſexe y trouvera de quoi ſe perfection-
ner, de même que les jeunes gens qui de-
ſirent ſincérement de s'inſtruire. Cet ouvrage devroit, à mon avis, devenir comme un *Moniteur* dans les familles, & comme un *Vade mecum* dans les penſions. En
un mot, mon plus ardent deſir eſt que les
autres l'admirent ainſi que moi, & qu'il ſoit
d'une utilité univerſelle pour le genre humain.

TABLE

✿✿✿✿✿✿✿✿✿✿✿✿✿✿✿✿✿✿✿✿✿

TABLE

DES CHAPITRES

Contenus dans la premiere Partie.

I. Partie.   b

Fin de la Table de la premiere Partie.

LA

LA VIE
ET LES
AVENTURES
DE
JOSEPH THOMPSON.

CHAPITRE I.

Motifs de l'Auteur pour écrire ses aventures.
Sa naissance. Portrait de ses parens.
Comment il fut gouverné dans son bas
âge. Il est mis en pension chez M. Prosody.

QUAND la vie d'un homme a été
une suite non-interrompue de ca-
lamités & d'infortunes ; & que
c'est par sa mauvaise conduite,
par ses passions & par des fautes
réitérées qu'il s'est attiré ses malheurs, on
ne peut pas soupçonner que la vanité ou le
desir d'être aplaudi, le détermine à conter
ses aventures. Quelle satisfaction auroit-il

I. Partie.   A

à faire l'aveu humiliant d'actions qui ne
peuvent qu'attirer la cenſure & le mépris
de tous les gens de bien, ſans jamais trouver d'aprobateurs ?

Quiconque donne au public le détail
de ſes actions, ſa vie fût-elle remplie d'événemens les plus brillans, doit ſe propoſer un autre motif que l'amour des louanges, ou même l'envie de ſe faire connoître.
Pour moi, Lecteur, ſi je n'étois bien convaincu par la raiſon, & par une autre autorité encore plus forte, que toutes les
actions de notre vie doivent tendre au bien
de toutes les créatures, autant qu'au nôtre
propre, & ſi la conſcience ne me repro-
choit en ſecret de n'avoir pas été utile aux
autres, en leur donnant bon exemple,
comme je ſuis ſûr que c'eſt le deſſein de la
Providence ; mais au contraire, d'avoir
abuſé de la dignité de mon être dans la premiere partie de ma vie, je n'aurois jamais
ſongé à vous faire confidence de mes folies. C'eſt donc pour expier, autant qu'il
eſt poſſible, mes extravagances, que j'oſe
paroître encore ſur la ſcene, & rapeller des
actions qui m'ont plongé dans la plus af-
freuſe miſere. Si mes efforts répondent au
but que je me propoſe ; ſi, en amuſant mes
Lecteurs, je puis parvenir à détourner les
jeunes gens inconſidérés de la route du li-
bertinage, en leur preſentant un tableau
fidele des malheurs qu'il traîne d'ordinaire
à ſa ſuite ; ſi, en peignant la vertu avec tous
ſes charmes, je puis inſpirer dans les cœurs,

de l'amour pour ſes préceptes; enfin, ſi en dévoilant ce que le vice a d'odieux & de mépriſable, dépouillé de ces dehors trompeurs, qui ſçavent ſi bien flatter nos apétits déréglés, j'en fais apercevoir la difformité, & que je ſois aſſez heureux pour anéantir les triomphes inſolens qu'il exerce ſur le bon ſens & la raiſon, je me croirai récompenſé avec uſure, & j'aurai lieu de m'aplaudir de mon travail.

Je ſuis né dans un village agréable, ſitué à l'oueſt de la Province d'Yorck; mon pere eſt deſcendu d'une famille fort eſtimée dans le pays. Il y avoit dix ans qu'il étoit pourvu de cette Cure, & il avoit épouſé ma mere par pure amitié, & ſans aucune vue d'augmenter ſa fortune; mais quoiqu'ils fuſſent enſemble depuis cinq ans, ils n'avoient point eu d'enfans, ce qui les chagrinoit beaucoup. L'on peut juger que j'en fus reçu avec joie, & que ma naiſſance fût regardée comme une faveur de la Providence. Il y avoit dans le voiſinage pluſieurs perſonnes de conſidération, dont mon pere étoit généralement aimé : il étoit alors dans la fleur de ſon âge : la plus belle & la meilleure éducation avoit orné ſon éſprit, ſans lui donner cet air ſauvage & cette dureté de caractere, que contractent ſouvent ceux qui s'apliquent aux ſciences & à l'étude : il joignoit à la littérature une grande connoiſſance du cœur humain, & beaucoup de politeſſe dans les manieres; ſes diſcours, auſſi bien que ſes actions, ſans déroger à

A 2

la dignité de ſes fonctions, annonçoient un
homme bien né. Quoiqu'attaché à l'Egliſe
Anglicane, on ne remarquoit jamais dans
ſes diſcours la moindre prévention contre
les autres créances : au contraire, il vouloit
du bien.à tous les honnêtes-gens, quelle que
fût leur maniere de penſer par raport à la
Religion. Il étoit tout à la fois le paſteur,
le médecin & l'arbitre de tous les diffé-
rends qui s'élevoient entre ſes Paroiſſiens ;
& comme ſon revenu étoit aſſez fort, bien
loin d'exiger à la rigueur ce qui lui étoit
dû, il exerçoit en toute occaſion la charité
& l'hoſpitalité. Il étoit encore à l'Univerſi-
té, quand il avoit épouſé ma mere ; il avoit
toujours conſervé pour elle l'affection la
plus tendre ; elle étoit l'unique objet de ſes
deſirs : auſſi la nature ſembloit l'avoir for-
mée pour être la récompenſe des vertus
de mon pere. Elle étoit d'une figure fort
engageante ; mais ſon eſprit relevoit encore
toutes ſes actions : elle ne connoiſſoit
point les petites foibleſſes & les legeretés
de ſon ſexe : ſon amour même pour ſon
mari étoit réglé avec tant de ſens & de
diſcrétion, que tous ceux qui l'aprochoient,
en étoient enchantés : elle avoit meublé
ſon ame de toutes les connoiſſances utiles,
qui contribuent à rendre une femme aimable. Toutes ces qualités étoient couron-
nées par beaucoup de prudence & de
conduite dans les affaires de ſa maiſon,
auxquelles elle s'attachoit avec plaiſir. Ils
vivoient enſemble dans une union & une

amitié qui n'avoient jamais été troublées par la moindre tracafferie.

Tels font les parens à qui je dois la naiffance. Si je me fuis un peu étendu en faifant leur portrait, c'eft afin que tout le monde fçache que mes folies font à moi feul, & que je ne puis pas les rejetter fur les mauvaifes qualités ou les exemples de mes parens, qui, comme on fçait, n'influent que trop pour l'ordinaire fur les actions de leurs enfans.

Dès l'âge de trois ans, mon pere qui m'aimoit paffionnément, commença mon inftruction, & ne voulut s'en raporter qu'à lui-même. Graces à fes foins, je lifois paffablement à cinq ans, & il m'avoit déjà infpiré les maximes de morale qui pouvoient convenir à mon âge. A fix j'écrivois affez bien, & on me regardoit dès lors comme un enfant qui promettoit beaucoup. Mon avancement furprenoit tout le monde, & faifoit dire aux bonnes femmes du village, que je ne pouvois pas vivre avec tant d'efprit.

Mon pere aprouvoit fort la méthode d'envoyer les enfans dans les claffes publiques : arrivé à ma neuvieme année, j'avois déjà quelque teinture de la langue latine : il réfolut de me faire fortir de la maifon paternelle : il avoit coutume de dire que plufieurs enfans enfemble fe donnent de l'émulation, & s'excitent mutuellement à aprendre ; que d'ailleurs ils commencent à acquérir un peu de connoiffance du mon-

A 3

de, & que souvent ils forment à cet âge
des liaisons qui leur sont d'une très-grande
utilité dans la suite de leur vie.

J'avois toujours été traité si doucement
dans la maison, que l'idée d'être séparé de
mes parens me donna quelque chagrin ; mais
il fut bientôt dissipé, lorsqu'on m'eut fait
entendre que j'allois avoir des camarades
avec qui je pourrois me divertir ; car jusqu'alors je n'avois eu d'autre compagnie que
les gens de la maison ; & mon pere lui-même, qui avoit assez de bonté pour se joindre à tous mes amusemens.

Après quelque difficulté pour me choisir
une pension, mon pere jetta les yeux sur
un homme de son état, qui tenoit une pension à environ vingt milles de chez nous,
auprès d'une ville : c'étoit un homme sça-
vant, & qui avoit la réputation de traiter
ses écoliers avec assez de douceur. On fit
donc mon épuipage : & mon pere & ma
mere me conduisirent tous les deux chez
M. Prosody : c'est ainsi qu'on nommoit
le maître qu'on m'avoit destiné.

A notre arrivée tout fut arrangé en peu
de tems, & après le dîner ils me quitterent. Je versai des larmes en abondance à cette premiere séparation : ma mere
n'oublia pas de me laisser des marques de
son amitié, en me mettant dans la main
quelque argent, qui me fut d'un grand
secours, pour gagner l'amitié de mes camarades.

CHAPITRE II.

Digreſſion ſur les maîtres d'école. Portrait de M. Proſody & de ſa femme, & de Miſſ Urſule leur fille. Caractere mépriſable de ſon maître & de ſa maîtreſſe. L'avarice eſt un vice de tempérament. Thompſon fait de grands progrès dans les ſciences. On le laiſſe mourir de faim. Il va voler des fruits dans les vergers. Il eſt châtié pluſieurs fois.

DEpuis que je ſuis capable de réflexion, je me ſuis ſouvent demandé à moi-même, pourquoi on reuſſit ſi mal dans le choix des précepteurs, & pourquoi l'on trouve tant de gens incapables dans une profeſſion auſſi importante que celle d'élever la jeuneſſe. La premiere queſtion eſt aſſez difficile à réſoudre : je crois pourtant qu'on peut en donner pluſieurs raiſons ; les principales, à mon avis, viennent d'un défaut d'attention des parens & de ce que déſirant ardemment le but qu'ils ſe propoſent, ils ne ſongent pas aſſez aux moyens qui peuvent y conduire. En effet preſque tous les hommes en ſont logés là : en général leurs vues ſont louables dans tout ce qu'ils entreprennent ; mais malheureuſement, ils ne prennent pas le véritable chemin pour y parvenir. Ainſi faute de prévoyance & d'une délibération aſſez mure, ce qui devroit nous procurer le plus grand

A 4

avantage, produit quelquefois un effet tout contraire. Il n'eſt pas ſi difficile d'expliquer pourquoi l'on voit tant de précepteurs incapables, quoique habiles d'ailleurs. Bien des gens ſe deſtinent aux ſciences, ſans y aporter aucune aptitude. Après avoir paſſé un nombre d'années à aprendre les langues mortes, ils entrent dans le monde ; mais leur peu de capacité ne leur fourniſſant pas les moyens de ſe diſtinguer, ils ſont forcés, pour éviter la miſere, de rabattre ſur le métier de précepteur, le ſeul qu'ils ſoient en état de faire ; ainſi ils font retomber ſur nos enfans les effets de la mauvaiſe conduite de leurs parens.

Je ne fus pas long-tems à faire la différence des ſoins tendres & attentifs de mon pere, aux préceptes durs & ſéveres de mon maître & de ſa famille, dont il falloit ſouffrir les humeurs. M. Proſody étoit alors ſur le déclin d'une vie, dont les commencemens avoient été traverſés de ſoins & d'inquiétudes, tant par le peu d'aiſance qu'il trouvoit dans un pauvre bénéfice, que par ſon peu de génie, & par ſon penchant à l'avarice. Auſſi avoit-il contracté un air chagrin & de mauvaiſe humeur ; de ſorte qu'en le regardant on ne pouvoit s'empêcher d'en concevoir une idée défavorable, & de lire les traits de ſon mauvais caractere ſur la phiſionomie. A la vérité il ne manquoit pas du côté de la ſcience. Voilà tout le bien qu'on pouvoit en dire. Tyran de ſes écoliers & de ſa famille, il ne le cédoit pas au cuiſtre le plus redoutable dans l'art de fuſtiger. Pénétré du reſpect le plus profond pour l'orthodoxie de ſes propres opinions, il ne ſe faiſoit pas de ſcrupule de damner quiconque n'étoit pas de même avis que lui en matiere de religion ou de politique. Quoiqu'il en ſoit, on avoit la complaiſance de le prôner comme un bon maître ; il s'étoit attaché à ce métier dans les derniers tems de ſa vie, & y avoit amaſſé une ſomme d'argent aſſez conſidérable Me Debora Proſody ſa femme, étoit la plus ſinguliere figure qu'on peut imaginer ; elle avoit une boſſe par derriere, qui ſembloit être faite aux dépens du devant. Son viſage étoit un aſſortiment bizarre des traits les plus incompatibles. Elle avoit de petits yeux éteints & renfoncés, qu'on pouvoit comparer à ceux d'une chouette, & dont le mouvement reſſembloit un peu à celui de la membrane qu'ont des oiſeaux. Sa bouche rentrante annonçoit qu'elle n'avoit plus de dents. Son nez & ſon menton, tous les deux fort pointus, étoient ſi voiſins, qu'elle ne pouvoit preſque manger que par les côtés : ſa peau reſſembloit à un parchemin retiré au feu ; & ce digne perſonnage, pour ſeconder l'avarice de ſon mari, rétreciſſoit les inteſtins de ſes penſionnaires par le peu de nourriture qu'elle leur donnoit. Sa léſine étoit ſans bornes ; elle ne ceſſoit point de diſſerter ſur la nature ſalutaire des potages, & ſur les propriétés

de la graiffe de mouton, qu'elle nous donnoit au lieu de beurre ; quant à l'eau elle
avoit découvert dans fon ufage mille vertus. Sa taille étoit petite , & l'habitude
conftante de la mauvaife humeur la rendoit
auffi maigre, qu'on a coutume de peindre
la famine. Je ne fçaurois m'empêcher
d'obferver en paffant que les avares font
prefque tous à peu près femblables ; & je
doute pas que cette paffion n'eft pas un
vice de tempérament ; car par-tout où la
nature refufe ces écoulemens des fucs fa-
lutaires, qui échauffent & fortifient la ma-
chine , ou ne les diftribue qu'en petite
quantité, le cœur n'admet pas de fentimens généreux & doux , & n'éprouve
point cette chaleur aimable de la bienveillance : au contraire, renfermé comme
il eft dans une poitrine brûlée ou froide ,
il eft dévoré par des idées de jaloufie, de
foupçon & d'avarice. Auffi voit-on à
tous les gens de cette forte un corps maigre
& une conftitution féche.

Mifs Urfule, unique héritiere de ce fameux couple, étoit une fille de trente ans
paffés, qui avoit eu fort à fouffrir depuis
fon enfance de la mauvaife humeur de fes
parents : mais l'amour lui en avoit fait fe-
couer le joug, & elle avoit pris du goût
pour le fils d'un fermier du voifinage ,
nommé Harrow. Sa figure n'étoit pas défagréable, quoiqu'un peu trop épaiffe , &
fes traits étoient affez réguliers. Enfin fi
Mifs n'eût pas été trop vaine , elle auroit

pû faire une femme fuportable, & bonne
pour Harrow , ou tout autre fermier de
la Province. Le jeune Harrow, étoit un
des plus francs volontaires du pays d'Yorck ;
& on le croyoit plus amoureux de l'argent
du bon homme que de la fille : mais Profody n'étoit pas d'avis que fa fille difpofât
d'elle-même ; il fentoit bien qu'il faudroit
délier fes facs , & cette réflexion étoit
affligeante : auffi déclamoit-il perpétuellement contre les filles qui quittent leurs parens pour fe marier ; & il prétendoit qu'il
étoit de leur devoir de leur fermer les
yeux , avant de penfer à faire un établiffe-
ment. Urfule ne goûtoit pas cette morale ;
& fon amour pour Harrow occafionnoit
fouvent des conteftations entr'elle & fes
pere & mere.

Comme j'avois fait quelques progrès chez
mon pere, en un an de tems je me trouvai des plus avancés de notre penfion : je
commençois déjà à fentir les beautés des
meilleurs auteurs latins : mais fi j'avançois
du côté du fçavoir, ma taille devenoit
auffi maigre & élancée qu'un cheval de
pofte. Nous étions aux environs de trente
penfionnaires ; mais Madame de Profody
fçavoit fi bien ménager fes denrées, que ce
qui auroit à peine fuffi pour en empêcher
la moitié de mourir de faim , fervoit abon-
damment pour tous.

Elle avoit un talent merveilleux pour
faire beaucoup avec peu de chofe : une
petite quantité de viande étoit ordinaire-

ment noyée dans un plat énorme plein de
bouillon, qui n'avoit guere d'autre goût
que celui des herbes ou des racines qu'on
y avoit mifes : quant au pain & au froma-
ge, elle avoit imaginé le moyen de nous
les donner fi raffis & fi durs, que nos ma-
choires étoient laffes, avant que notre faim
fût apaifée. A la vérité j'étois dans une
fituation moins fâcheufe que le refte de
mes camarades ; mon pere me laiffoit rarement manquer d'argent, & mes autres parens m'envoyoient de tems en tems de
petits prefens. Comme j'étois naturellement
fort généreux, mes amis particuliers s'en
reffentoient, & je les partageois avec eux.
On ne doit donc pas être furpris, fi nous
mettions les vergers & les jardins du voifinage à contribution auffi fréquemment,
que l'inclination pour le fruit, qui eft commune à tous les enfans, fe trouvoit encore
irritée par la faim. Nos pillages étoient fi
connus, que fouvent on nous prenoit fur
le fait ; & pour l'ordinaire on s'en vengeoit
fur notre peau. La févérité avec laquelle
notre maître nous châtioit, nous infpira à
la plupart une haine & un mépris parfait
pour fa perfonne ; mais nous n'ofions nous
en plaindre à nos parens : la longue habitude des châtimens nous avoit ôté la crainte
& le fentiment même de la douleur. Pour
moi qui étois d'un tempérament fort vif,
& qui m'étois accoutumé à faire toutes fortes de malices & d'efpiégleries, je devins
bientôt conducteur de la bande dans toutes

nos excurfions ; auffi la plus grande partie des châtimens retomboit toujours fur moi : je les fuportois avec une conftance de martyr. Cependant l'ambition étoit la plus forte de mes paffions : je m'apliquois fi affiduement à l'étude, qu'au bout de trois ans je devint l'admiration de mon maître , & le fujet de l'envie de tous mes camarades.

CHAPITRE III.

Il dépouille le poirier favori de fon maître : il eft découvert & puni févérement. Son maître & fa maîtreffe viennent le radoucir. Il forme la réfolution de fe venger. Cataftrophe d'un Gentilhomme extravagant , dont l'efprit venoit roder dans la maifon de Profody. Thompfon fait peur à fon maître & à toute fa famille. Confufion que cette frayeur jetta par-tout.

JUfques-là nous avions exercé nos maraudes un peu au loin ; mais mon maître ayant un fort beau poirier chargé de fruits, dans un jardin qu'il tenoit toujours fermé à la clef, je propofai à deux ou trois de notre bande d'aller faire main-baffe fur ce fruit défendu. Je leur reprefentai qu'il y avoit de la fottife à nous priver d'une pareille douceur ; que formant une même famille, nous devions avoir la liberté indiftinctement de nous promener dans ce jar-

din, comme dans tout le reſte de la maiſon ;
qu'enfin il étoit bien dur pour nous que
Madame Proſody fit de l'argent de ces poires, elle qui avoit dit à nos parens que
tout le fruit que produiſoit ſon jardin étoit
deſtiné à notre uſage & pour nos colla-
tions : le projet fut goûté, & nous travail-
lâmes auſſi-tôt à l'exécution. Cet arbre étoit
ſi proche d'une muraille, que pluſieurs de
ſes branches avançoient par deſſus ; je pro-
poſai donc à mes amis de m'élever ſur
leurs épaules, & de reſter enſuite au pied
du mur pour recevoir les poires dans leurs
chapeaux à meſure que je les cueillerois.
Auſſi-tôt dit, auſſi-tôt fait, je montai ſur
le mur, & j'étois occupé à cueillir les poires, lorſque j'aperçus à quelque diſtance
mon maître qui arrachoit des herbes &
nettoyoit un pot de fleurs. Tout le terrein
étant garni d'arbres, ma ſituation élevée
l'empêchoit de m'apercevoir, au lieu que
je le voyois tout à découvert. Une occaſion
ſi favorable me tenta, je voulus me venger
un peu des coups de fouet que j'en avois
reçus ; je pris une poire, & ayant viſé droit
à lui, je l'atteignis à la corne de ſon chapeau, qui tomba par terre avec ſa perruque :
je me préparois à redoubler, quand malheureuſement la ſecouſſe que je pris fit caſſer
la branche où j'étois : je tombai en dedans
du jardin, emportant avec moi & les dé-
bris de l'arbre & une grande quantité de
ces précieuſes poires. Le bruit de ma chute
attira le vieux pédant de mon côté ; il me

joignit avant que j'euffe le tems de me débarraffer ; la fureur étoit peinte fur fon vifage ; il me faifit & dans les premiers mouvemens de fa rage, il me jetta par terre d'un coup de pied. Quelques minutes après, lorfque je me fus relevé, il me prît au collet & me traîna dans la claffe, où m'ayant attaché aux pieds d'une table, il m'étrilla plus cruellement que n'auroit fait un bourreau. Sa colere étoit fi violente, qu'elle l'empêchoit de prononcer un feul mot ; il ne me délia que quand il fut hors d'haleine, alors il dit d'une voix infolente : Pour cette fois je crois que vous vous en reffouviendrez. J'étois tout en fang, & je reftai plus de deux heures fans pouvoir me tenir debout : enfin je me traînai jufqu'à mon lit tout moulu & dans un état pitoyable. Quelque tems après, fa femme arriva, & fous prétexte de me donner des avis contre de pareilles friponneries, elle m'aporta d'un onguent qui m'apaifa les douleurs que je fentois par tout le dos. Après avoir fait quelques réprimandes, elle me radoucit (en effet, fon mari fentant qu'il avoit porté les chofes trop loin, l'avoit envoyée pour cela,) & elle me dit qu'elle alloit prier mon maître de me pardonner. Effectivement Profody vint une heure après dans ma chambre ; & après plufieurs reproches, il me dit qu'il ne poufferoit pas plus loin le châtiment pour cette fois, & qu'il vouloit effayer encore fi je ne me corrigerois pas : en même tems il me mit

dans la main une petite piece d'argent, &
m'ordonna de refter au lit jufqu'au lendemain, où on eût grand foin de moi. Pour
un homme de fon humeur, c'étoit un trait
de générofité fort grand ; mais tout cela
n'éteignit pas en moi le deffein de me venger, & n'empêcha pas que je ne priffe la
réfolution d'y travailler à la premiere occafion.

La maifon de M. Profody étoit un vieux
bâtiment gothique, qui par l'épaiffeur &
la force de fes murs étoit un monument
de l'attention que nos ancêtres avoient
pour la poftérité, jufques dans leurs bâti-
mens. Il y avoit bien des années que, fuivant les bruits populaires, il y revenoit un
jeune Gentilhomme, à qui elle avoit fervi
de demeure, & qui, après avoir mangé
tout fon bien, avoit terminé tout à la fois
fa vie & fes extravagances, en fe brûlant
la cervelle. Dans ces cantons, un meurtre
eft l'avant-coureur d'une apparition ; & on
ne manquoit pas de témoins, qui dépofoient
l'avoir vu plufieurs fois fe promener fans
tête dans le jardin à minuit. Tout le peuple eft crédule & fuperftitieux. Une vieille
Dame qui demeuroit à quelque diftance
de-là, avoit vu fréquemment des lumieres
aux fenêtres qui paffoient avec vîteffe de
chambre en chambre, & difparoiffoient
fubitement : un tel, difoit-on bien férieufement, qui a demeuré dans cette maifon,
a été contraint de l'abandonner par le bruit
que faifoient les fenêtres & les portes, de
forte

forte qu'il n'étoit pas poffible d'y jouir un
moment de tranquillité. D'autres fois on
avoit vu de grandes flammes fortir du haut
des cheminées , quoiqu'il y eût plufieurs
années qu'on n'y eût allumé du feu. La
frayeur que caufoient de pareilles hiftoires
étoit telle , que qui que ce foit des environs n'en ofoit approcher d'un quart de
mille pendant la nuit. Le fermier Barley
en avoit pris une telle épouvente , qu'il
avoit jetté fon maître par terre : un chaffeur
nommé Wilfon, avoit été renverfé dans un
foffé par une main invifible , & ne pouvoit pas dire comment il étoit retourné
chez lui. Notre maître ne fçavoit que penfer
de toutes ces hiftoires ; mais le loyer mo-
dique qui flattoit fon avarice , & la commodité de cette maifon pour fa penfion ,
l'avoient déterminé à la prendre à bail ,
quoique de tems à autre , lui , fa femme & fa famille avoient entendu un
étrange vacarme dans la chambre où ce
Gentilhomme s'étoit tué : auffi avoit-il eu
la précaution de la tenir fermée , ainfi que
trois ou quatre autres des plus voifines , où
on ne laiffoit entrer perfonne. Depuis un
certain tems , la maifon avoit été affez
tranquille , ce qui avoit donné dans tous
les villages voifins une haute idée de la
fainteté de notre pédant. Pour moi , l'é-
ducation que j'avois reçue chez mon pere , jointe à mon tempérament naturel ,
me mettoit au-deffus de ces craintes ; mais
le refte de mes camarades s'étoit formé

B

des idées effrayantes de cet efprit ou fan-
tôme qui faifoit un tel charivari. Je réfolus, à l'aide de cette apparition, de me-
venger fur mon maître même de fes derniers châtimens ; & après avoir communi-
qué mon projet à mes deux principaux camarades, qui étoient à peu près de mon
âge, je m'appliquai férieufement à le mettre en exécution.

Nous nous munîmes de deux gros chats,
& après avoir fait provifion de vieux hail-
lons rouges, nous leur en fimes deux habits : enfuite leur ayant rogné les griffes,
nous leur mîmes aux pattes des coquilles
de noix remplies de poix. Nous avions la
facilité de faire tout ce manége dans un
grenier, où perfonne n'entroit jamais, &
qui étoit fitué à l'endroit le plus reculé de
la maifon : nous y tinmes nos amis ren-
fermés jufqu'au moment qu'il fallut agir.
Ce fut un Dimanche au foir : tout le monde étoit raffemblé dans une grande falle,
& notre maître nous faifoit quelques leçons ; nous fortîmes fous différens prétextes, & nous nous rendîmes dans notre
chambre du confeil : nous préparâmes tous
nos inftrumens ; & ouvrant les portes de
toutes les chambres où nous pouvions pénétrer, l'un de nous tira un coup de piftolet : à ce fignal nous lâchâmes les chats
avec tous leur grotefque attirail, après leur
avoir mis de la moutarde fous la queue :
pour lors nous defcendîmes tous avec précipitation, & avec une frayeur apparen-

te ; nous dîmes à notre pédant , qu'il se
passoit des choses étranges dans l'escalier ,
& qu'on entendoit un grand vacarme dans
toute la maison. Chacun avoit été déjà allarmé du coup de pistolet , & on entendoit
pour lors un violent remu-ménage dans
l'escalier , dans les chambres , au-dessus de
nos têtes , & auprès de l'endroit où nous
étions : en un mot , les chats peu accou-
tumés à se sentir ainsi habillés , effrayés
eux-mêmes du bruit qu'ils faisoient en marchant , & picotés par cette moutarde qu'ils
avoient sous la queue , faisoient un tapage
diabolique , & couroient de chambre en
chambre avec des cris & des miaulemens
affreux : on crut que toute la milice de
l'enfer étoit déchaînée. La vieille femme
se mit en prieres , Miss Ursule s'évanouit ,
& le pédant tout ému , après avoir fait
bien des exclamations , suivit l'exemple de
sa femme. Les cris terribles des écoliers ,
les hurlemens de deux ou trois chiens , &
avec tout cela du souffre que j'avois jetté
adroitement dans le feu , tandis que mes
camarades avoient profité de la confusion
générale pour éteindre les chandelles , tout
presentoit une scene de frayeur & de cons-
ternation qu'il n'est guere possible de décrire : mais combien ne redoubla - t - elle
pas lorsque les deux spectres entrerent dans
la cuisine , & après y avoir renversé toute
la vaisselle d'étaim & brisé quantité de plats
de terre , vinrent dans la salle où nous
étions en jettant de grands cris. L'un d'eux

B 2

fe cramponna fur les épaules de mon maître, qui pouffa un cri horrible & tomba
par terre fans connoiffance. Notre fatisfaction fut entière : profitant du moment favorable, ñous picquâmes ce vieux Reiftre
avec des épingles, & le tirâmes par les
oreilles, de façon qu'il pouffoit des hurlemens lamentables ; nous feignons de ref-
fentir la même frayeur, & nous criyons
encore plus fort que les autres : nous n'ou-
bliâmes pourtant pas de rattraper nos chats
quand il en fut tems, & fans être apperçus de qui que ce foit, nous les déshabil-
lâmes, les mîmes à la porte, & jettâmes
en même-tems dans le feu une quantité
de groffes châtaignes qui creverent avec
beaucoup de bruit & fauterent par toute
la chambre.

CHAPITRE IV.

*Miff Urfule s'enfuit avec fon amant. On
vifite la maifon : la fille revient : elle
découvre tout le tour, & en déclare les
auteurs. Profody les faifit & les enferme :
ils s'échapent. Thompfon va chez fon pere
avec fes camarades.*

LE jeune fermier Harrow dont nous
avions gagné l'amitié en nous chargeant
de fes lettres, & le favorifant dans fes
amours, avoit été inftruit de notre deffein ;
il nous avoit même fourni une partie des
chofes qui nous manquoient : le vieux Pro-

fody lui avoit défendu de voir fa fille depuis quelque tems ; il avoit cru l'occafion
favorable pour la lui enlever , & s'étoit
tenu dans les environs , pour en attendre la
réuffite. Perfonne n'ofa de long-tems lever
les yeux : enfin je m'écriai d'une voix tremblante : *Je crois qu'ils font tous en allés ....*
Alors le Pédagogue voyant que tout étoit
calme , fit beaucoup d'exclamations , & il
courut au fecours de fa femme , qu'il eut
affez de peine à relever. Quant à Miff Urfule , fi-tôt qu'elle avoit été remife de fa
frayeur , elle étoit fortie à la hâte ; & fon
amant l'ayant jointe , elle s'étoit jettée dans
fes bras. Harrow tâcha d'appaifer fes craintes , & lui propofa d'aller avec lui , & de
ne plus retourner dans une maifon que le
diable avoit rendue fi terrible. Elle fe laiffa
perfuader ; & montant en croupe derriere
lui , elle s'éloigna , non fans éprouver mille
frayeurs à chaque buiffon qu'elle apperce-
voit. Chacun penfoit différemment de cette
aventure. Madame Profody qui n'avoit
ofé lever les yeux , affuroit avoir vu des
fpectres qui jettoient des flammes par la
bouche & les narines : un des écoliers avoit
apperçu quelque chofe d'auffi grand que
toute la chambre , & tout couvert de fouffre & de feu : pour notre maître , il ne
faifoit pas le moindre doute que tout cela
ne fut un preftige de l'efprit malin ; & pour
fortifier fon opinion , il nous faifoit remar-
quer l'odeur du fouffre que ces diables
avoient laiffée après eux. Quand tout

le monde fut un peu raſſuré, nous allâmes viſiter toutes les chambres, & chacun vouloit marcher le dernier. On fit des commentaires ſur tout ce qu'on y trouvoit, & principalement ſur ce que les portes étoient ouvertes. Proſody remarqua judicieuſement que cela n'étoit pas néceſſaire à des eſprits aëriens, & que le trou de la ſerrure leur auroit auſſi bien ſervi pour paſſer : il ſe plaignoit fort des mauvais traitemens qu'il en avoit reçus ; & ſon imagination lui groſſiſſant les objets, il prenoit les piquûres d'épingles pour des griffes & des ongles qu'on lui avoit enfoncées par tout le corps. L'abſence de ſa fille, qui ne ſe trouvoit nulle part, lui donna de grandes appréhenſions : comme il ne l'avoit pas vu ſortir, il crut que les diables l'avoient enlevée lorſqu'ils avoient diſparu : il finit ſon diſcours, en répétant d'un ton lamentable, accompagné d'un profond ſoupir, ce paſſage de Milton : » Quelque taille que les » eſprits choiſiſſent, dilatés ou condenſés, » brillans ou obſcurs, ils exécutent leurs » volontés en un clin d'œil, & ſatisfont » également leur amour ou leur haine.

Il nous défendit expreſſément de rien dire aux voiſins de ce qui s'étoit paſſé, craignant ſans doute que ſi cette aventure étoit ſçue, elle ne préjudiciât à ſes intérêts dans l'eſprit des peres de ſes écoliers.

Mes complices & moi nous nous raſſemblâmes ſecrettement, pour donner l'eſſor à notre joie : nous nous aplaudîmes de la

conduite & de l'exécution , & nous nous
promîmes folemnellement de ne pas trahir
notre fecret.

Le lendemain matin , mon maître fut
délivré d'une partie de fes inquiétudes ;
Harrow le pere lui vint annoncer que Mifs
Urfule étoit mariée avec fon fils ; il eût
d'autant moins de difficulté à l'apaifer ,
qu'il le trouva encore étourdi de l'aventure
de la veille. Les nouveaux époux furent
introduits , & rentrérent auffi-tôt en grace.
Mais le marié avoit indifcrettement confié
le fecret de notre affaire à fa femme pendant la nuit. Comme elle étoit fâchée de
ce que fon pere, fa mere & elle-même
euffent été ainfi dupés par trois enfans, elle
découvrit tout dès le foir même. Il n'eft
pas poffible d'exprimer la rage de notre
vieux pédant : figurez-vous un mâtin affamé
qui fe voit emporter un os favori par un
petit roquet : il le faifit par le col , & fans
égard pour fes cris , il le houfpille & le met
en piéces. Telle fut la colere de Profody ;
il nous faifit tous les trois , nous traîna
inhumainement dans la claffe où il nous
enferma , en nous difant d'un ton brutal
que nous aurions affaire à lui fi-tôt qu'il
auroit imaginé quelque châtiment affez fé-
vere pour punir nos fottifes. Revenus de
notre épouvante , nous tinmes confeil,
pour tâcher d'éviter la tempête qui nous
menaçoit ; & nous conclûmes qu'il falloit
tenter de nous fauver , retourner chacun
chez nous, déclarer bonnement toute l'af-

faire à nos parens & leur demander grace.
Nous avions bien des choses à dire contre
notre maître & sa femme : d'ailleurs M.
Profody n'étoit plus en état de nous rien
enseigner ; nous avions bien employé notre
tems, & profité de la dépense qu'on avoit
faite pour nous : tout cela nous enhardit,
& nous fit espérer de nous tirer d'affaire
auprès de nos parens. Il n'étoit question que
d'exécuter le projet.

La classe étoit au premier étage : il y
avoit au dessous d'une des fenêtres qui
donnoient sur le derrière, un appentis ser-
vant de brasserie, & immédiatement
apuyé contre le mur, de sorte qu'il y avoit
fort peu à descendre. Nous ne vîmes rien
de mieux, pour sortir de cette prison, que
de nous glisser de la fenêtre sur les tuiles :
agiles comme nous l'étions, il étoit aisé de
sauter delà par terre. Mes deux compagnons, nommés Sharpley & Archer,
étoient à peu près de mon âge ; Sharpley
s'offrit à en faire l'expérience le premier ;
il n'y avoit pas un moment à perdre, car
nous avions passé au moins une heure &
demie à deliberer. Il fit donc son essai, &
s'en tira fort heureusement ; Archer le suivit : pour moi, soit que je ne m'y prisse
pas aussi bien qu'eux, soit que je fusse
plus lourd, je manquai mon coup ; le
toît creva sous moi, & je tombai à travers les chevrons dans la brasserie. Je
fus étourdi de ma chute ; après avoir repris mes sens, au bout de quelque minutes

tes, je voulus gagner la porte ; malheureufement elle étoit fermée à clef , & je
me trouvai pris comme dans un piége ,
je rêvois aux moyens de fortir de cette
prifon , lorfque j'entendis mettre la clef
dans la ferrure ; je me blottis derriere un
tonneau, tremblant de la tête aux pieds ;
dès que la porte fut ouverte , je vis entrer
mon maître, qui apercevant le dommage fait
à la couverture , devina l'affaire & s'écria :
Ho ho ! mes drôles cherchoient à s'échaper à ce que je vois ; mais l'un d'eux eft
tombé dans cette trape, s'ils n'y font tous
les trois. Alors-apellant fa femme, il l'envoya chercher une chandelle : jamais de
ma vie je ne me fuis vu fi embarraffé ;
la peur m'avoit tellement faifi, que je ne
trouvois dans mon efprit aucun moyen de
m'échaper , & je crus qu'infailliblement
j'allois tomber entre les mains de ce brutal. Quand on eut aporté de la lumiere ,
il plaça un efcabeau & monta deffus pour
vifiter une grande chaudiere, qui étoit immédiatement au-deffous du trou , mais dont
je m'étois heureufement garanti dans ma
chute. Comme il avoit la vue un peu cour-
te, il s'apuya deffus pour voir plus com-
modément ; & pour atteindre plus loin ,
il s'éleva fur une jambe. Voici, me dis-
je à moi-même , le moment de m'échaper ou jamais : alors fortant de ma ca-
chette , je le pris par la jambe, fur laquellé
il étoit apuyé , & d'une fecouffe je le jet-
tai la tête devant dans la chaudiere, où le

I. Partie. C

bruit de fa chute me fit juger qu'il devoit
y avoir de l'eau. Je ne fis qu'un faut
jufqu'à la porte , & fans me retourner ,
auffi prompt qu'un lievre pourfuivi par
des chiens, je gagnai le bout du jardin ,
& j'arpentai la prairie voifine, où je trouvai mes deux amis , inquiets de mon fort.
Ils eurent peine à en croire leurs yeux ;
mais il n'étoit pas tems de raifonner ; je
leur criai de me fuivre, & nous courûmes
fans nous arrêter pendant deux bons milles.
Nous rallentîmes alors notre marche, &
nous nous félicitâmes d'avoir fi heureufement fauvé notre peau. En vifitant nos
bourfes nous y trouvâmes en tout trois ou
quatre fchélings ; c'étoit plus qu'il n'en falloit pour nous rendre jufques chez mon
pere, où je leur propofai de m'accompagner, avant que de retourner chez eux ;
d'autant qu'ils avoient encore cinq ou fix
milles à faire, & que je leur promis d'engager mon pere à négocier leur pardon.
Nous n'arrivâmes que le lendemain au foir
chez mon pere. Je ne jugeai pas à propos
d'entrer brufquement ; mais j'allai chez
Solfa , le clerc de la Paroiffe, qui fe chargea de lui annoncer mon arrivée & les
raifons que j'avois eues de m'enfuir, &
d'en obtenir la permiffion de lui rendre mes
devoirs. Solfa qui m'avoit toujours aimé,
fe chargea volontiers de la commiffion.
Mon pere n'étoit pas à la maifon ; mais
ma mere n'eut pas plutôt apris cette nouvelle, qu'elle nous fit dire de venir. J'en

fus reçu avec toute la tendreffe poffible , & mes camarades avec bonté. Elle voulut nous faire rafraîchir avant que d'entendre notre hiftoire.

CHAPITRE V.

Comment il fut reçu chez fon pere avec fes camarades. Remontrance de fon pere...... Obfervations excellentes.... Son pere va voir M. Profody avec les peres de fes compagnons.... Ce qu'ils y font.

UN forçat qui a été long-tems attaché à la rame, expofé aux traitemens cruels d'un Comite impitoyable , ne reffent pas plus de joie, en recouvrant la liberté, que nous en éprouvâmes en nous voyant délivrés de la brutalité de notre maître. Ma mere qui ne m'avoit vu qu'une feule fois depuis que j'étois en penfion , me reçut avec amitié : lorfqu'elle aprit la maniere dure dont on nous avoit traité , elle fut indignée au dernier point ; & elle me promit de prévenir à fon retour mon pere, & de faire ma paix. Il étoit allé rendre rendre vifite à un Gentilhomme du voifinage , & ne revint que fort tard. Ma mere l'alla trouver dans fon apartement : il fut furpris de mon arrivée , & me fit dire de monter. Je courus à lui dès que je l'aperçus. Mon pauvre Jofeph , mon ami,

me dit-il , j'aprends que vous avez pris la
fuite , pour éviter le châtiment : rapor-
tez-moi de point en point votre aventure,
afin que je puisse juger si je dois vous garder
ici, ou vous renvoyer. Je pris la parole ,
& lui fis le recit de l'avarice, de la conduite tyrannique & des châtimens terribles qu'exerçoit sur nous M. Prosody :
je lui racontai l'histoire de poirier, l'aventure des chats , & généralement tout ce
qui nous étoit arrivé, sans rien déguiser :
je finis par lui dire que, loin d'avoir négligé l'étude , je sçavois tout ce que mon
maître étoit en état de m'enseigner ; qu'ainsi j'espérois que sans me donner la mortification de m'y renvoyer, il se chargeroit
desormais de m'instruire lui-même , ou me
donneroit un autre maître : je le priai en
même-tems de prendre mes amis sous sa
protection , & d'interceder pour eux auprès de leurs parens. Il fut outré de colere du traitement qu'on nous avoit fait ;
mais il eut peine à s'empêcher de rire des
tours que nous avions joués à notre pe-
dant ; cependant il nous fit la leçon suivante.

Je suis charmé, mon ami, que vous
n'ayez pas mal employé le tems de vos
études, & que vous ayez fait quelques
progrès dans la connoissance des langues;
votre maître m'en a rendu témoignage la
derniere fois que je l'ai vu ; puis s'adres-
sant à mes deux amis il leur dit : M. Prosody m'a parlé aussi de vous sur le même

fon, Meſſieurs, j'en ai inſtruit vos parens, & ils en ſont fort ſatisfaits : nous avions réſolu de vous rapeller à la fin du quartier prochain ; mais je vois que vous nous avez prévenu. Je me reproche de ne m'être pas informé plus exactement d'une choſe auſſi eſſentielle que l'humeur & le caractere d'un homme à qui je confiois votre éducation dans une circonſtance de la vie auſſi eſſentielle ; d'autant plus que c'eſt de-là que dépend tout le bonheur à venir, & les malheurs dans leſquels les jeunes gens ſe précipitent par la ſuite. J'avoue que j'ai été trompé dans le compte qu'on m'a rendu de Proſody & de ſa famille ; tant il eſt vrai qu'on eſt trop indulgent & qu'on déguiſe mal-à-propos le véritable caractere des gens qui ſe chargent d'un tel emploi. La connoiſſance que j'ai du vôtre, me fait croire que vous n'auriez jamais été capables des choſes dont vous vous accuſez ſi la conduite mépriſable de votre maître & le peu de ſoin qu'il avoit de former vos ames, qui étoit pourtant le point le plus important de ſon emploi, ne vous euſſent portés à ce que vous avez fait. Je vous pardonne ; mais dans la perſuaſion que vous avez regret du tort, quoique peu conſidérable, que vous lui avez fait ; & que vous déteſtez les principes de vengeance baſſe & vile, auxquels vous vous êtes livrés contre votre maître, quoiqu'il vous en ait donné lui-même l'exemple. On peut bien à votre âge les imputer à jeu-

C 3

nelle & défaut de réflexion ; mais fi on
n'y mettoit ordre de bonne heure , ces
écarts fe fortifieroient , & malgré tout votre
bon fens , vous auriez peine à les déraciner.
Pour vous , Jofeph , je ne me fierai dore-
navant qu'à moi-même du foin de votre
éducation ; je commence à connoître l'abus
des écoles publiques , par la feule raifon
qu'on ne peut jamais être sûr des gens à
qui on confie les enfans. Pour vous , Meffieurs , vous refterez avec mon fils jufqu'à
ce que j'aie vu vos parens , & que je
leur aie fait goûter ma façon de penfer.

Quand mon pere eut fini ce difcours
fage & prudent , il m'embraffa avec tendreffe & fit accueil à mes compagnons :
enfuite il nous examina fur les Auteurs que
nous avions lus , & fut très-charmé devoir que nous en fentions déjà les beautés.
J'étois alors dans ma quatorzieme année ;
& je puis dire , fans vanité , que la nature
avoit mis dans mon ame des inclinations
vertueufes & nobles ; on ne fera donc pas
furpris que la bonne réception & la maniere prudente & raifonnable , dont mon
pere me traita , m'aient infpiré de hauts
fentimens de refpect & de vénération pour
lui. Un traitement contraire auroit produit
les plus mauvais effets fur un tempérament
tel que le mien , en qui le raifonnement &
la perfuafion agiffoient tout naturellement ,
au lieu que l'aigreur , la dureté & la rigueur , m'euffent pouffé aux dernieres ex-

trémités. Plus on traite les enfans avec douceur, & en êtres penſans & raiſonnables, mieux-ils ſe conduiſent; & je suis perſuadé que c'eſt à des maximes contraires qu'il faut en grande partie s'en prendre, ſi les enfans dégenerent de jour en jour, comme on en fait malheureuſement l'expérience. En les traitant ainſi, ils prennent l'habitude de raiſonner, & ſe l'inculquent à eux-mêmes ſi fortement, qu'ils ne s'en écartent jamais de tout le reſte de leur vie; ſi les ſaillies de leurs paſſions les jettent de tems en tems dans des écarts, vous placez dans leur cœur un conſeiller qui les en tire tôt ou tard, & qui corrige leurs extravagances.

Mon pere alla voir le lendemain Mrs. Scharplay & Archer: c'étoient des gens de ſens; ils entrerent facilement dans ſes raiſons, & réſolurent de mettre leurs fils dans une autre penſion au pays d'York; mais mon pere ayant penſé qu'il n'y avoit dans le voiſinage aucune compagnie pour moi, leur offrit généreuſement d'en avoir ſoin. Ils y conſentirent de bon cœur, & lui firent mille remercimens; comme ils devoient encore quelque choſe à M. Proſody, ils firent la partie d'y aller enſemble & de s'acquitter entierement avec lui.

Quand ils y arriverent, le vieux pédant leur débita mille fauſſetés ſur notre compte, & déclama contre nous avec une paſſion & une haine ſi aparentes, que ſi nous

n'euffions pris les devant, il leur eût infpiré de nous les idées qu'il feignoit d'a-
voir ; mais quand il aprit le motif de leur
venue , & que nous étions retournez à la
maifon paternelle , il en fut frapé comme
d'un coup de tonnerre , commença à adou-
doucir fes termes, & à rejetter fur la lé-
gereté de notre jeuneffe toutes les fautes
dont nous nous étions rendus coupables ,
& qu'il avoit attribuées d'abord à un caractere méchant. Tout ce qu'il put faire
pour nous ravoir , fut inutile : nos peres
le quitterent fort mal fatisfaits , & lui firent une leçon rrès-ferieufe fur la bonne
façon de fe conduire dans fon metier, &
fur la baffe de l'avarice & de la vengeance. Un domeftique qui les accompa-
gnoit, raporta nos livres & nos équipa-
ges, que la précipitation de notre départ
ne nous avoit pas permis de prendre avec
nous.

CHAPITRE VI.

Son éducation chez son pere. Sharpley est envoyé sur mer, & Archer à Oporto. Réflexions à ce sujet. Il prend beaucoup de plaisir à la chasse, & acquiert l'amitié du Chevalier Walter Rich, par une action généreuse. Son pere se détermine à l'envoyer à Londres.

Quand nous eumes passé quelques jours à des amusemens conformes à notre âge, mon pere s'apliqua à cultiver nos dispositions & nos talens. Nous avions fait tous les trois à peu près les mêmes progrès ; &, quoique dans un âge assez tendre, nous entendions assez bien le grec & le latin. Destinés à vivre dans le monde, il tâcha de nous inspirer les idées les plus saines de la Religion & de la morale : ses instructions se graverent profondément dans nos ames, & s'y fortifierent tous les jours par les excellens modeles que nous avions devant les yeux dans la personne de mon pere & de ma mere, qui traitoient mes compagnons aussi-bien que moi-même, & les regardoient comme leurs propres enfans. Nous étudiâmes bientôt les Mathématiques ; & la Physique eut pour nous tant d'attraits, nous y trouvâmes une source de merveilles si surprenantes, que nous abandonnions les jeux ordinaires pour en faire notre unique amuſement. Il nous enſeigna auſſi la langue françoiſe, que l'on cultive aujourd'hui dans tout le monde : ma mere la parloit fort bien ; ainſi nous converſions rarement dans un autre langage. On nous permettoit, pour nous tenir en haleine, d'avoir deux fois par ſemaine un maître d'armes, qui avoit ordre auſſi de nous aprendre la maniere de ſe bien tenir. Nous reuſſiſſions à tout ce qu'on nous faiſoit entreprendre ; & mon pere en étoit ſi content, qu'il ſe privoit de preſque toutes ſes connoiſſances pour être avec nous : auſſi nous recevions ſes préceptes avec tant de plaiſir, que nous faiſions l'admiration, & en même-tems l'étonnement de tout le voiſinage. Heureux âge de la vie ! où les paſſions bouillantes ſont ſubordonnées à la raiſon & à l'autorité ! où on ne connoît point encore les ſoins & les inquiétudes, & où l'enjouement naturel n'eſt point encore détruit par les embarras des affaires & les viciſſitudes tourmentantes de la vie ! De quels regrets ne ſuis-je point accablé, quand me rapellant ce tems heureux, je jette les yeux ſur ces momens délicieux, dont les richeſſes & les honneurs ne peuvent jamais balancer la perte ? O tems précieux de mon éducation ! heures de ſatisfaction pure & de plaiſir ſans mélange ! qu'on devroit bien vous chérir ! & que l'on connoît peu ce que vous valez ! Emporté dans l'océan orageux des affaires & de l'âge mûr, on ſe voit bientôt privé de vos douceurs ineffables ; les déréglemens & les vices empoifonnent la paix de notre ame.

Il y avoit deux ans que cet état heureux duroit, lorfque je me vis en même-tems féparé de mes deux compagnons. M. Sarpley, qui avoit d'autres enfans, & en même-tems une fortune affez médiocre, fe détermina à envoyer fon fils en mer, fous la conduite d'un frere, commandant d'un vaiffeau de guerre : en conféquence il obtint pour lui une commiffion du Roi : dans le même tems, M. Archer envoya le fien à Oporto, chez un parent qui faifoit un commerce confidérable, afin d'y tenir fon comptoir. Comme nous avions vécu avec beaucoup d'intimité, nous ne pûmes pas nous quitter fans le plus violent chagrin ; & nous prîmes congé les uns des autres, après nous être juré une amitié éternelle, promis de nous écrire toutes les fois que nous en aurions la commodité. Mon pere & ma mere reffentirent vivement leur perte ; mais ils ne voulurent jamais accepter la moindre reconnoiffance pour tous les foins qu'ils en avoient pris, & dont il étoit aifé de s'apercevoir à leur converfation & à leur conduite, à la grande fatisfaction de leurs parens. Pour marquer leur gratitude, ceux ci priérent mon pere de me laiffer aller chez eux paffer quelques mois ; & ils le firent avec tant d'inftances, qu'il ne pût les refufer. Ils m'emmenérent donc à leur campagne, qui n'étoit qu'à cinq ou fix

milles de chez mon pere. J'étois dans ma
seiziéme année, & on me regardoit comme un jeune homme poli & de bon sens :
j'étois d'une taille avantageuse, & la nature
m'avoit donné un embonpoint raisonnable,
& d'assez beaux traits. Les peres de mes
amis aimoient fort la chasse tous les deux :
j'y allois souvent, & en fort peu de tems
j'en devins passionné moi-même. Je bravois
les fatigues de cet exercice ; cela me valut
les suffrages d'un Baronet du voisinage, qui
ne croyoit pas qu'un homme pût rien valloir, s'il n'étoit capable de surmonter tous
les obstacles à la poursuite d'un renard ou
d'un lievre. Il jouissoit d'un bien considé-
rable : comme il étoit veuf, & ne montroit
pas d'inclination pour un second mariage,
ce bien devoit tomber à une fille unique
qui avoit alors treize ans ; aussi Miss Louise
Rich passoit-elle pour la plus opulente héritiere de tout le canton. Le Chevalier Walter étoit de ces Gentilshommes attachés à
la Communion Romaine, uniquement
parce que c'étoit la créance de ses peres ;
mais sans que la différence de Religion lui
fit adopter des maximes oposées au Gouvernement : en un mot, il étoit généralement estimé de ses voisins, & fort aimé de
tous ses vassaux.

Ce Gentilhomme vouloit toujours m'a-
voir avec lui, & me marquoit en toute
occasion beaucoup d'amitié. Il me presenta
à sa fille, & à un sien neveu de mon âge
qui demeuroit chez lui, & dont il avoit

deſſein de faire ſon gendre ; du moins
c'étoit le bruit de tout le canton. Si je fus
enchanté de la converſation de cette jeune
Demoiſelle, qui joignoit un eſprit d'ange
à un corps charmant, je fus révolté de l'air
orgueilleux & brutal de ſon couſin, qui
étoit un vrai payſan. Je paſſois délicieuſe-
ment mon tems parmi toutes ces connoiſſances ; & je ne m'en ſéparois que pour faire de
petits voyages chez nous : ſans cela la tendreſſe de ma mere ne lui auroit pas permis
de me laiſſer repartir. Un ſoir que nous
étions à cauſer chez M. Archer, un domeſ-
tique vint nous annoncer que le feu avoit
pris à la maiſon du Chevalier Walter. Cette
fâcheuſe nouvelle nous allarma beaucoup.
La converſation ceſſa, & nous courumes
tous pour voir ſi nous pourrions être de
quelque utilité dans une occaſion auſſi fâcheuſe. Le rés-de-chauſſée étoit déjà em-
braſé, & la flamme gagnoit avec violence &
s'étendoit par-tout. Nous trouvâmes le Chevalier Walter étendu par terre : il s'étoit
foulé le pied en ſautant par la fenêtre de ſa
chambre ; les domeſtiques troublés étoient
occupés à ſauver des meubles, autant que
la ſurpriſe leur avoit pû permettre d'en emporter à la premiere allarme. Mais ce qu'il
y avoit de plus déplorable étoit de voir la
jeune Demoiſelle vêtue d'un ſimple jupon,
qui apelloit à ſon ſecours par la fenêtre de
ſon apartement. Le pere étoit hors d'état
de ſe remuer : tous ceux qui étoient autour
de lui n'avoient pas aſſez de fermeté & de

courage pour rifquer de l'aller fauver ; pour
le neveu il étoit réfugié dans une taverne
voifine où il racontoit la peine qu'il avoit
eue pour s'échaper des flammes. Dans une
telle confufion , cette pauvre Demoifelle
eût , fans doute , éprouvé le même fort que
la maifon , fi M. Archer & moi n'euffions
penfé à une longue échelle qui étoit chez
un fermier voifin ; nous prîmes du monde
& avec leur aide nous la dreffâmes contre
le mur de la maifon : j'y montai courageu-
fement ; la confidération du danger de Miff,
m'avoit fait oublier tout-à-fait ma propre
fûreté. Après m'être un peu grillé, je gagnai la fenêtre & je fautai dans la chambre ;
puis prenant cette jeune Demoifelle dans
mes bras , je defcendis réfolument par le
même chemin , & je la remis entre les
mains de fon pere où elle s'évanouit auffi-
tôt. Le trouble de mes efprits , & ma propre frayeur m'avoient affoibli auffi , de
maniere que je tombai à fes pieds fans connoiffance. Quand je fus revenu à moi, je
demandai des nouvelles de Miff Louife ,
on me répondit qu'elle étoit fort mal &
qu'on l'avoit emportée chez M. Sharpley.
Le Baronet me prit dans fes bras, m'apella
fon libérateur, fon fauveur, & jura que
jamais il n'oublieroit ce fervice. En un mot,
je reçus de toutes parts , tant de complimens , que je ne pus cacher la confufion
qu'ils me caufoient. J'allai enfuite vifiter
Miff, que je trouvai beaucoup mieux, &
quoiqu'encore trop jeune, pour connoître

ou avoir fenti les douces impreſſions de l'amour ; j'aperçus dans ſes remerciemens une ſatisfaction qui m'étonna ; & je m'eſtimai fort heureux d'avoir pu lui rendre ce ſervice important. La maiſon fut réduite en cendres : le feu y avoit pris par la négligence d'un cuiſinier yvre, qui en s'allant coucher, avoit laiſſé une chandelle allumée ; le feu ayant pris à du bois, gagna à quelques linges, & de-là s'étendit ſi conſidérablement, que quand on s'en aperçut, il ne fût plus poſſible d'y aporter remede. Depuis cet accident, le Chevalier Walter prit pour moi une amitié ſans bornes, & je reçus de ſa fille des civilités continuelles. Il ne pouvoit reſter une minute ſans m'avoir en ſa compagnie : & Miſſ Louiſe voulant me marquer ſa reconnoiſſance, par les ordres de ſon pere, me preſſa d'accepter un diamant qu'elle tira de ſon doigt. Il ne me fut pas poſſible de refuſer un preſent auſſi beau & auſſi précieux, & dans un tranſport involontaire, dont j'ignorois alors les moifs, je fis ferment de ne jamais m'en ſéparer.

Deux mois après cette aventure je reçus un ordre de mon pere de revenir : il m'écrivit qu'il avoit deſſein de m'envoyer à Londres, pourvu que mon inclination n'y fût pas contraire, & qu'il falloit qu'il me parlât à ce ſujet. Je pris congé de tous mes amis, après les avoir remerciés de leurs amitiés, & M. Archer m'accompagna juſques chez mon pere.

CHAPITRE VII.

*Excellent discours de son pere.... Il reçoit
des lettres de Sharpley & Archer..... Il
part pour Londres avec son pere & sa
mere.... Son arrivée.... Son étonnement
en voyant cette ville pour la premiere
fois.... Il est mis en aprentissage chez M.
Diaper, marchand de toile en gros.*

QUand la compagnie fut partie, & que
j'eus resté deux ou trois jours à la
maison, mon pere me mena avec lui dans
le jardin, & me déclara ses intentions de
la maniere suivante. ,, Je vous ai mandé,
,, mon fils, pour vous communiquer un
,, projet que j'ai imaginé pour votre bien.
,, Vous êtes maintenant dans l'âge de son-
,, ger à un état qui puisse dans la suite
,, vous mettre à portée de vivre heureux,
,, & de rendre service à la patrie. Je n'ai
,, pas jugé à propos de vous envoyer à
,, l'Université; vous avez dû sentir par-là
,, que je n'ai pas dessein que vous pre-
,, niez le parti de l'Eglise. Non, mon
,, fils, croyez-moi, les désagrémens indis-
,, -pensables de cet état, & le mépris géné-
,, ral & trop bien fondé qu'éprouvent ceux
,, qui l'ont embrassé, sont des raisons suf-
,, fisantes pour vous en détourner. Vos
,, dispositions personnelles m'auroïent en-
,, gagé à vous proposer le service préféra-
blement

» blement à toute autre chofe ; mais il
» faut avoir des amis en place , & une
» fortune à l'abri des revers ; fans cela le
» mérite le plus folide n'y fait pas grande
» fortune, & je crois qu'on ne peut gue-
» re y trouver le bonheur , pour peu
» qu'un Officier fe fente de penchant
» pour le mariage. Je ne vous confeille-
» rai pas non plus le parti du barreau, fur
» le pied où il eft maintenant, par la faute
» de ceux qui en font profeffion. A l'égard
» de la médecine , j'y trouve autant &
» même plus d'inconvéniens encore que
» dans les précédens. Vous fçavez que
» j'aime ma patrie , & que je défirerois
» pouvoir la fervir, en vous procurant un
» fort heureux ; ainfi ne foyez pas furpris ,
» fi j'ai la plus haute eftime pour les Né-
» gocians : ce font eux qui en répandant
» dans le public tous les avantages du com-
» merce , foutiennent les richeffes de l'Etat ,
» & l'indépendance de la nation. Dans les
» autres profeffions dont je viens de parler ,
» un homme qui veut réuffir , doit nécef-
» fairement fe prêter à une efpece de fer-
» vitude & de baffeffe ; & je ne voudrois
» pas pour tout au monde vous y con-
» traindre : au lieu que vous pouvez por-
» ter dans le commerce une généreufe in-
» dépendance , pourvu que vous vous y
» conduifiez avec fageffe & probité : vous
» deviendrez un membre néceffaire &
» confidérable dans l'Etat, & à portée de
» rendre fervice à vos parens & à vos

D

» amis. Vous pourrez entretenir votre fa-
» mille honorablement , & de maniere à
» remplir cette noble ambition , & la
» tendreſſe qui doit animer le cœur d'un
» bon mari & d'un pere. La branche de
» commerce que j'ai à vous propoſer ,
» n'eſt point contraire aux connoiſſances
» que vous avez acquiſes : vous y pour-
» rez allier l'homme de talens avec l'hom-
» me d'affaires : vous connoiſſez M. Dia-
„ per de Londres , marchand de toile en
„ gros ; il eſt un peu allié de votre mere ;
„ c'eſt un homme d'honneur , plein de
„ probité ; il jouit d'une fortune conſidé-
„ rable , qu'il a acquiſe principalement par
„ ſon travail & ſon exactitude dans ce com-
„ merce. C'eſt chez lui que je me propoſe
„ de vous placer en apprentiſſage ; pourvu
„ cependant que vous n'y ſentiez point de
„ répugnance ; car je ne forcerai jamais
„ vos inclinations , de quelque côté qu'el-
„ les vous portent : ainſi conſultez-vous
„ d'ici à demain , afin que je puiſſe lui
„ marquer ma réſolution. Il a paſſé ici , il
„ y a quelques jours , au retour d'un voya-
„ ge en Ecoſſe ; je lui en ai fait la pro-
„ poſition qu'il a acceptée de bon cœur. „
Ma mere m'avoit déjà fait quelques
ouvertures ſur cet arrangement ; je remerciai mon pere en lui diſant que je lui obéi-
rois avec plaiſir , & que j'étois prêt à
aller chez M. Diaper , déterminé , tant par
les avantages de cette deſtination , que par
la perſuaſion que je ſuivrois en cela ſes

intentions. Mon pere parut content de me trouver si bien difpofé, & il écrivit à ce parent que nous partirions au bout de quinze jours. M. Shapley vint me voir le lendemain, & me remit deux lettres, l'une de fon fils, datée de la Virginie, l'autre de M. Archer le jeune, écrite d'Oporto en Portugal.

Les paroles ne peuvent exprimer que foiblement la chaleur & le zele d'amitié que ces lettres exciterent en moi; en effet notre féparation, bien loin d'aporter du refroidiffement à notre amitié, fembloit lui avoir donné de nouvelles forces: on devoit inceffamment-expédier à Londres des dépêches, pour envoyer à la Virginie & en Portugal : je me preffai de faire réponfe à mes amis, & on joignit mes lettres dans le paquet de leurs peres.

Les quinze jours que mon pere & ma mere avoient fixés pour notre voyage de Londres, étant prêt d'expirer, je pris congé de mes amis, & fur-tout de Sir Walter & de fon aimable fille, qui m'exprimerent le regret qu'ils avoient de me perdre : après quoi nous nous mîmes en chemin, & arrivâmes dans cette grande capitale. Le voyage fût gracieux & commode. Mon pere alla voir plufieurs amis qu'il avoit fur la route, & fit tout ce qu'il put pour rendre ce trajet amufant pour ma mere & pour moi, en nous faifant voir tout ce qu'il y avoit de remarquable fur la route, ce qui nous employa près de quinze jours.

Si je fus étonné de l'affluence de voitures & de la multitude de voyageurs & de passans que je vis sur la route aux environs de Londres ! combien ne fus-je pas surpris du concours prodigieux de monde que je découvris en entrant dans la ville ! Toutes les idées que je m'en étois formé d'après Yorck & les autres Villes de cette province que je connoissois, étoient trop foibles ; mon étonnement s'accrut à mesure que j'avançois dans le cœur de la ville, où je voyois des essains de gens circuler continuellement dans les rues, & sur le visage desquels on remarquoit un air affairé. Cet aspect me donna une grande idée de l'importance du Commerce, qui oblige chacun dans sa profession à être vigilant & soigneux de mettre son tems à profit, de façon ou d'autre, pour l'intérêt de chaque membre en particulier, & pour le bien de l'Etat en général. Je n'apercevois point de ces gens oisifs & indolens, dont les provinces fourmillent ; & je commençai à sentir du mépris & de l'éloignement pour l'oisiveté, les divertissemens & les plaisirs, où nos soins & nos seules inquiétudes ne s'étendent pas au delà de nous : c'est ainsi, me dis-je à moi-même, que doit se conduire un citoyen industrieux. Les peines qu'il prend pour augmenter son bien, lui donnent nécessairement de l'occupation, & par conséquent contribuent à l'avantage des ouvriers de toutes les sortes : on peut dire de lui, avec raison , qu'il contribue à en faire vivre un million d'autres. Ces réflexions m'encouragerent de plus en plus dans le parti que j'allois embrasser.

M. Diaper , qui, comme je l'ai déjà dit , étoit un peu parent de ma mere , avoit engagé mon pere à ne point prendre d'autre logement que sa maison , tant qu'il resteroit à Londres ; ce fut donc chez lui que nous allâmes descendre , & tout le monde s'empressa pour nous y bien recevoir.

Avant que de terminer l'affaire , qui faisoit le sujet de notre voyage , mon pere nous fit voir tout ce qu'il y avoit de curieux dans Londres & aux environs. Il ne voulut rien laisser à désirer à ma curiosité , de crainte qu'après son départ je ne m'accostasse de quelques compagnons de mon âge , & que sous prétexte d'aller voir ces nouveautés , je ne négligeasse mes devoirs.

Mes parens étant convenus de tout avec M. Diaper , que j'apellerai désormais mon maître , je fus engagé chez lui en qualité d'aprenti , moyennant trois cens guinées, il y avoit déjà cinq semaines que mon pere étoit absent de chez lui ; il résolut de s'en retourner ; mais avant que de partir , il chargea un ami de me remettre tous les ans trente guinées pour mes menus plaisirs, afin, disoit-il , que je ne fusse pas tenté de faire quelque action basse & deshonorante. Il lui recommanda aussi très-fort de me donner des avis &

des inſtructions ſur tout ce qui pourroit
m'arriver pendant le tems de mon apren-
tiſſage ; & après m'avoir laiſſé par écrit
d'excellentes leçons , qui regardoient ma
conduite , il me donna ſa bénédiction , &
reprit le chemin de la province d'York.
Son départ me laiſſa dans une grande af-
fliction ; c'eſt le premier chagrin, mais un
des plus ſenſibles que j'aie reſſenti dans
tout le cours de ma vie.

CHAPITRE VIII.

Portrait de M. Diaper, de ſa femme &
de mon fils. Thompſon eſt fort aſſidu
à ſon devoir. Il contracte amitié avec
le jeune Diaper : gagne l'eſtime de ſon
maître. Maniere d'employer leurs mo-
mens perdus. Réflexions ſur le com-
merce.

SI-tôt que l'on m'eut inſtruit de la nature de mes devoirs , je formai la réſolution de n'être point un aprenti inutile ; je
m'apliquai avec la plus ſérieuſe attention à
acquérir les connoiſſances de ce que je
comptois devoir être un jour ma profeſſion ,
& M. Diaper me donna les inſtructions
les plus douces que je pouvois jamais eſpé-
rer. C'étoit un homme de quarante ans ,
qui avoit paſſé toute ſa vie dans le commerce ; où il avoit remplacé ſon pere , &
qui par un travail , une aplication & des

foins infatigables , fe trouvoit , comme
on dit ordinairement , au-deffus de fes affaires. Outre les fonds qu'il avoit dans le commerce , & fon argent comptant, il poffé-
doit un très-joli bien du chef de fa femme : fa table étoit bien fervie , quoique fans
prodigalité , & un ami étoit toujours sûr
d'être bien reçu chez lui. Il régnoit dans les
dépenfes de fa maifon une grande œconomie , mais qui n'excédoit point cette frugalité louable fi-néceffaire , mais qui eft fi
rarement aprouvée des domeftiques. Son caractere étoit doux & fociable , & fon efprit
net & ferme: plein d'égards refpectueux pour
fes fupérieurs , de franchife & de générofité
avec fes égaux , & d'humanité , de confidération & de bonté pour fes inférieurs &
fes domeftiques ; fa probité , fon honneur
& fa droiture dans le commerce , lui at-
tiroient la confiance de tous ceux avec qui
il avoit affaire , & fon bon fens , & les
qualités de fon efprit faifoient regarder fa
compagnie comme utile & defirable. Mè.
Diaper étoit une femme prudente, vertueufe
& très-entendue : ils vivoient enfemble
dans l'union la plus parfaite : une fanté
très foible l'obligeoit à demeurer prefque
toujours à la campagne , où M. Diaper lui-
même paffoit communément la moitié de
la femaine. Ils n'avoient qu'un fils , qui
avoit déjà fait trois ans d'aprentiffage chez
fon pere ; c'etoit un jeune homme rangé ,
fage & exact , fur qui rouloit déjà tout
le poids des affaires. Quoiqu'il n'eût enco-

re que dix-neuf ans , & qu'il eût été employé de si bonne heure à des affaires très-
importantes , il n'avoit pas laissé de faire
quelques progrès dans les lettres ; il avoit
lu & médité les meilleurs auteurs , & son
esprit étoit plus orné que ne l'ont d'ordinaire bien des gens de son âge : on ne remarquoit point en lui de ces saillies vives
& brillantes de la jeunesse ; toute son ame
sembloit concentrée dans les devoirs essen-
tiels de son état, en quoi il réussissoit fort bien:
cependant il étoit poli & agréable en conversation , & la grande régularité de sa
conduite ne lui ôtoit point le goût pour
les amusemens louables & innocens : son
cœur bon & généreux étoit capable d'une
amitié vive & désintéressée : sa bonne conduite & ses qualités le faisoient rechercher
dans toutes les sociétés. L'éducation que
j'avois reçue , & ma façon de penser , me
donnerent de l'estime pour cette famille ,
& j'avois tout lieu d'être content de ma
situation : mon maître me traitoit comme
un second fils. Nous couchions dans la
même chambre , le jeune Diaper & moi ,
& nous liâmes ensemble une amitié très-
étroite , qui ne fit qu'augmenter de jour
en jour par la conformité de nos sentimens
& de nos actions.

Nous agissions tous les deux de concert :
il tâchoit à me dérober autant qu'il pouvoit sa supériorité , & je ne cherchois qu'à
me rendre agréable par mes déférences &
mon exactitude. Nous ne prenions aucuns
plaisirs

plaisirs l'un sans l'autre, en un mot, jamais deux jeunes gens n'avoient été si bien unis.

Notre commerce étoit très-considérable : M. Diaper avoit un garçon de magasin fidele ; ainsi son fils & moi étions principalement employés dans les comptoirs. Cependant comme toute mon étude étoit de plaire à mon maître, je ne voulois pas être exempt des peines & de la fatigue qu'il y avoit à prendre dans les autres parties de ses affaires, sçachant très-bien que dans le poste où j'étois, je devois regarder comme un devoir tout ce qui pouvoit contribuer à ses intérêts & à mon instruction : ainsi toutes les fois que je croyois pouvoir être utile, je n'attendois pas qu'on me donnât des ordres, ou qu'on m'apellât ; mais je tâchois en toutes choses d'aller au-devant de ce qu'on pouvoit souhaiter ou exiger de moi. Par cette façon d'agir, & en marquant des égards pour tous les gens de la maison, je gagnai si bien l'estime & la confiance de mon maître, qu'il étoit toujours prêt à me découvrir les secrets de son commerce & de ses affaires, pour m'aprendre bientôt tout ce que j'avois à sçavoir, & même il prévenoit tous mes desirs dans tous les cas où j'avois besoin d'indulgence. Quand les embarras du jour étoient passés, nous passions la soirée au logis à lire ou à converser ; & de tems à autre nous avions avec nous un petit nombre d'amis choisis, ou bien nous al.

I. Partie.   E

lions chercher au-dehors quelque amuse-
ment, propre à nous divertir & à nous
inftruire en même-tems ; enfin le jeune
Diaper & moi nous étions inféparables.

Sur la fin de la femaine nous-allions toujours à la maifon de campagne jufqu'au
lundi matin. Me. Diaper ne faifoit aucune diftinction entre nous ; elle faififfoit
toutes les occafions de me marquer fon
amitié & la fatisfaction qu'elle avoit de
nous voir fi bien unis, fon fils & moi. Mon
maître avoit un caroffe & des chevaux de
main ; il y en avoit toujours à mon fervice, de maniere que je trouvois peu de
différence entre mon état actuel & les bontés que j'avois reçues chez mon pere.

Nos diverfes correfpondances & nos
grandes affaires, me faifoient fentir de
plus en plus l'importance & la dignité du
commerce, qui non-feulement réunit les
intérêts des hommes, comme particuliers;
mais devient encore le lien de toutes les
nations de l'Univers, par les principes
d'honneur, de juftice, de droiture & de
ponctualité, qui font le fondement de toutes les correfpondances, & fans lefquels
il n'eft pas poffible de réuffir dans aucune
efpece de trafic. Les Princes fages, qui
ont eu à cœur le bien de leurs fujets, ont
toujours eu foin de favorifer les arts & le
commerce. Non-feulement ils les ont con-
fidérés comme des moyens fûrs pour augmenter les richeffes de leurs fujets & leurs
propres revenus, mais encore comme une

école où les hommes deviennent plus fages , meilleurs & par conséquent plus fideles à leurs maîtres. Un peuple indolent & parefleux fera toujours l'objet de la haine & le fleau d'un Prince doux , généreux & bon.

Je paffai les deux premieres années de mon tems avec beaucoup de fatisfaction & d'une maniere bien avantageufe pour moi ; j'eus le bonheur de m'attirer l'aprobation de mon maître , qui eut foin d'en donner avis à mon pere pour lui faire plaifir. Je gagnai aufli l'amitié de mon ami & de tous les domeftiques. Heureux fi j'avois confervé dans le refte de ma vie autant d'innocence , de vertu & de prudence ! je n'aurois pas eu à effuyer les malheurs & la mifere que j'ai éprouvés dans la fuite.

CHAPITRE IX.

Il eft furpris de la conduite d'une fervante de la maifon. Son affiduité à le fervir. Elle lui déclare fon amour. Ses efforts pour la guérir. Il fe laiffe gagner. Ses inquiétudes à cette occafion. Elle devient fâcheufe & jaloufe. Avis à la jeuneffe. Il fe refroidit pour fon ami , cherche des compagnons , & fait connoiffance avec Prim & Prig.

T Ant que je fus attentif à mettre en pratique les excellens préceptes de

mon pere, fans jamais m'écarter des principes de la vertu & de l'honneur, je fus
tranquille & content, careffé & eftimé de
tout le monde. J'écrivois régulierement
tous les mois à mes parents ; j'avois en-
tretenu correfpondance avec mes deux anciens amis, Sharpley & Archer : le premier
avoit déjà été affocié par fon oncle dans
la cargaifon d'un vaiffeau.

M. Diaper avoit à fa maifon de Londres
une fervante, fille d'un fermier de la Province de Cambrigde, jeune, jolie, & qui
ne manquoit pas d'efprit. J'étois fi bien regardé dans la famille, que les domeftiques
cherchoient en toutes chofes à m'obliger.
Je m'apperçus que depuis un certain tems
cette fille étoit plus foigneufe que dè coutume à me rendre des fervices affidus : auffi
j'avois foin de reconnoître fes attentions
par de petits prefens : je n'imaginois pas
qu'elle eût d'autre motif que fon inclination
naturelle, & le traitement que je faifois
aux gens de la maifon. Je fus bientôt obligé
de changer d'avis : je l'avois fouvent furprife à me regarder avec beaucoup d'attention ; fi par hazard je jettois les yeux de fon
côté, elle baiffoit les fiens, rougiffoit, &
de tems en tems laiffoit échaper quelques
foupirs. Si je montois à ma chambre pour
quelque affaire, je l'y trouvois, & à mon
arrivée elle en fortoit, en me faifant une
grande révérence : je crus même l'avoir vue
quelquefois pleurer : toute la maifon s'apercevoit qu'elle n'avoit plus la même vivaci-

té, & qu'elle étoit devenue triste & mélancolique. Moi qui avois eu jufqu'alors fort peu de liaifon avec les femmes, je ne foupçonnois point les véritables motifs de ce changement ; ainfi touché de compaffion, & penfant qu'il étoit fans doute arrivé quelque accident dans fa famille, je tâchai de la confoler de mon mieux. Madame Diaper qui l'affectionnoit, prit les mêmes peines, & la railloit fouvent des petites abfences d'efprit dans lefquelles elle tomboit. Un jour l'ayant trouvée toute en larmes dans ma chambre, je lui demandai ce qu'elle avoit, & fi je pouvois lui être utile ; peut-être, lui dis-je enfuite en badinant, que vous aurez reçu quelque mauvaife nouvelle de votre amant : mais, Nanny, il ne faut pas fe laiffer mourir pour cela ; il vous a fait des infidélités, n'eft-ce pas ? Elle fe leva auffi tôt, & jettant fur moi un regard tendre, elle fortit, en difant : Ah ! M. Thompfon, fi j'ai un amant, il n'eft pas loin d'ici, & c'eft bien mon malheur. Ce difcours me mit au fait ; & quoique novice fur cette matiere, je vis bien que c'étoit moi qui avois caufé tout ce changement. Il faut l'avouer, dans les premiers momens, l'idée de cette conquête me fit quelque plaifir : cette fille étoit jeune & belle ; c'eft une tentation dangereufe pour un jeune homme d'un tempérament auffi vif que le mien : cependant la raifon & les principes de morale prirent le deffus, & je réfolus de me conduire avec elle à l'avenir avec

E 3

plus de circonfpection. Mon ambition, la
prudence & mon devoir ne me permet-
toient pas d'entretenir fon amour dans des
vues louables ; d'un autre côté, l'idée de
m'expofer à des difgraces, & de la desho-
norer, ne pouvoit point trouver place dans
un cœur accoutumé à des fentimens délicats & relevés : depuis ce moment, je
n'entrois plus dans la maifon qu'aux heures
des repas avec mon ami, & même alors
je m'abftenois de lui parler, & de la regarder, dans l'efpoir que cette conduite la
feroit rentrer en elle-même ; mais j'éprou-
vai bientôt que l'amour eft un mal qui n'eft
pas fi facile à guérir. Plus je m'éloignois
d'elle, plus elle s'enflammoit : je ne pouvois faire un pas fans la rencontrer en mon
chemin ; vingt fois le jour elle venoit au
magafin fous différens prétextes. Tel eft
l'effet des rufes dangereufes des femmes :
je me fentis moi-même inquiet, rêveur ;
des defirs nouveaux fe faifoient fentir dans
mon cœur ; je commençois à éprouver une
ardeur inconnue jufqu'alors, & j'avois eu
toutes les peines du monde à me remettre ; lorfqu'une circonftance malheureufe
vint détruire toutes mes réfolutions. L'autre fervante ayant été envoyée à la maifon
de campagne en commiffion, & malheureufement mon ami étant engagé à dîner
en ville, ce qui lui arrivoit rarement, je
fus contraint de manger feul, & il n'y
avoit que Miff Anne pour me fervir. Le
garçon de boutique étoit à la campagne,

où M. Diaper l'avoit invité d'aller paſſer un ou deux jours. En allant à table je vis qu'elle avoit pris ſoin de ſe parer plus qu'à l'ordinaire, & me ſervit à table d'une façon ſi obligeante, que je ne pus m'empêcher de lier converſation avec elle. En un mot, la tentation & l'occaſion favorable, renver-férent le plan de ſageſſe que je m'étois for-mé; elle s'aperçut de ma ſituation, & ſçut en profiter avec toute l'adreſſe dont elle fut capable. En un mot, la nature, plus forte que ma raiſon, triompha de mon innocence; enhardi par cette premiere action, je retombai pluſieurs fois dans la même faute, avant que de la quitter. Quand je fus livré à moi-même, je fus tenté de déplorer le changement de ma ſituation, je me reprochai avec confuſion le crime que je venois de commettre : je me trouvai in-quiet, mécontent, mal à mon aiſe : la bonté de mon cœur ſe montroit aupara-vant dans toutes mes actions; à preſent accablé par mes propres réflexions, je n'o-fois plus regarder en face mon vertueux ami. Mon crime, l'apréhenſion de ſes ſuites & de la perte de ma réputation, l'injure que j'avois faite à une innocente créature, (car je la croyois telle,) en profitant de ſa foibleſſe, tout cela formoit un enfer au-dedans de mon cœur. Je commençai à chercher les moyens de cacher ce fatal commerce. Hélas ! pour la premiere fois il fallut me réſoudre à devenir un hypocri-te, & à affecter une innocence que je

E 4

n'avois plus. L'idée d'être toujours dans la nécessité de feindre, étoit pour moi un tourment inexprimable : je résolus de sortir de cet état fâcheux ; mais ma résolution ne dura pas long-tems : mes inquiétudes n'étoient pas bornées à mes seules réflexions : j'avois des reproches à essuyer, & des inquiétudes sur son sort futur : je fus obligé de me ployer à son humeur, pour vivre tranquille. Elle s'aperçut qu'elle étoit grosse, & renouvella ses plaintes. Je lui promis de ne point l'abandonner. Elle devint jalouse, épia mes actions, me fit des reproches, pleura & s'évanouit même. Je lui donnai de l'argent pour l'adoucir ; en un mot, je devins bientôt un malheureux & vil esclave.

Que les jeunes gens aprennent par mon exemple à ne point céder aux premieres atteintes du vice : sous quelque forme qu'il les attaque, il est également pernicieux, détruit tout le bonheur de la vie, & déracine toutes les semences de vertus ; mais sur-tout il faut s'en défier, lorsqu'il se presente sous les attraits doux & trompeurs d'un sexe artificieux & enchanteur : c'est alors que l'on doit tout employer pour résister à cet ennemi, qui cherche adroitement à nous subjuguer : la tranquillité de l'ame une fois détruite, les suites en sont terribles ; il est rare qu'on ait le pouvoir de faire retraite ; on cherche au contraire à étouffer dans un abyme de folies & d'extravagances, le peu de réflexions qui se préfentent, & les regrets qui ne ceffent de tourmenter notre ame.

Le plaifir que je goûtois en la compagnie de M. Diaper s'émouffoit, je portois fe-crettement envie à fes vertus : quand il s'apercevoit de ces changemens, j'avois toujours quelque mauvaife excufe ou quel-que indifpofition de commande. Je deve-nois nonchalant à remplir mes devoirs : la maifon me gênoit, je n'y rencontrois que des remords de ma part & des plaintes de celle qui étoit l'auteur de ma mifere. Les fentimens vertueux & délicats, qu'on m'avoit infpirés dans ma jeuneffe, & la tournure de mon efprit, qui étoit naturelle-ment vrai & fincere, ne faifoient que me tourmenter à chaque inftant & me caufer des remords fans fin. Je cherchois à trom-per mes inquiétudes dans les compagnies ; fi-tôt que l'heure de mes occupations étoit paffée, je difparoiffois, & m'affociant avec des gens de mon âge, que j'avois méprifés auparavant, je me plongeois dans le vin & les plaifirs pour impofer filence à mes re-mords : les deux perfonnes avec qui je liai une fociété intime, furent Guillaume Prim, aprenti mercier, & Dick Prig, clerc de Procureur. Ces deux jeunes gens étoient d'un efprit vif, enjoué, & leur converfa-tion étoit amufante. J'allois paffer avec eux des foirées entieres dans une efpece de cotterie, qui s'affembloit alors pour fe dé-laffer du travail de la journée.

CHAPITRE X.

Caractere de ses nouveaux amis. Il n'est pas satisfait de leurs mœurs & de leur conduite : fait connoissance avec M. Spéculiste, adopte ses principes : devient un débauché : fait sortir sa maîtresse de la maison, & la place dans une chambre garnie, pour y accoucher.

PRim étoit un jeune homme plein de sens, & fort bien élevé, mais, il avoit terni ces qualités, en donnant à corps perdu dans tous les travers à la mode : il lui restoit pourtant encore une façon de s'énoncer singuliere qui le faisoit rechercher. Prig étoit plus réservé, il s'étoit conservé une réputation par l'hypocrisie & la dissimulation la plus profonde : destiné aux sciences, il y avoit fait assez de progrès ; ses talens brilloient sur-tout dans la dispute, où il étoit sûr de se faire aplaudir.

Le reste de notre société étoit composé de garçons de boutique du voisinage, dont le caractere & les talens étoient aussi différens que leurs professions. Rien ne prouvoit mieux le commencement de ma dépravation que le plaisir que je goûtois dans ces assemblées : ce que je n'avois regardé d'abord que comme un moyen pour bannir mes réflexions tristes, me devint tellement habituel, que je desirois toujours la fin de

la journée, pour pouvoir aller joindre mes
compagnons : cependant leur converfation
me déplut bientôt : elle ne rouloit que fur
les fecrets de leurs maîtres, & fur les tromperies qui fe pratiquent dans le commerce :
on n'y entendoit que des propos contre la
conduite des gens avec qui ils vivoient, &
des defcriptions de leurs parties de débauche : accoutumé à entendre des converfations utiles, & propres à fatisfaire l'efprit,
je n'étois pas encore affez corrompu pour
ne pas fentir l'abfurdité qu'il y avoit à paffer
fon tems d'une maniere fi futile : d'ailleurs
je reconnus par leurs entretiens que la plûpart de mes compagnons étoient les plus
méchans de tous les hommes, qui fe van-
toient effrontément de bien des actions,
que je ne puis me rapeller encore à prefent
qu'avec horreur. Je devins férieux & rêveur, & on s'en aperçut bientôt. Prig qui
en devina la caufe, propofoit fouvent de
mettre fur le tapis quelque matiere plus
férieufe, & blâmoit les autres de perdre
ainfi le tems à parler de bagatelles, ou, ce
qu'il trouvoit encore pis, à raconter des
méchancetés ; j'étois trop bonne dupe pour
me laiffer fi-tôt échaper. Je ne manquois
pas d'argent ; j'étois généreux : mes deux
nouveaux amis m'avoient trouvé deux ou
trois fois fort à propos dans le befoin : ils
difpofoient de ma bourfe, de l'air du monde le plus aifé, me promettant toujours de
me le rendre inceffamment, quoiqu'ils n'y
aient jamais penfé depuis. Je formois un

jour la réfolution de ne plus me retrouver
avec eux, lorfqu'il entra dans la falle un
jeune homme, dont l'arrivée caufa beaucoup de joie à tout le monde & qu'on falua
familierement. Sa façon de fe prefenter annonçoit tant de modeftie que je me con-
traignis & me remis à ma place. Après les
complimens ordinaires on me prefenta à
lui, comme un jeune homme d'efprit & de
fçavoir, qui méritoit d'être connu de lui.
La converfation devint générale, jufqu'à
ce que Spéculifte, (c'eft ainfi que fe nommoit ce nouveau venu) reprit un homme
de la compagnie pour avoir juré. Cela me
fit plaifir ; enfuite il nous fit fur la baïeffe
de ce vice odieux un difcours fi fort &
cependant fi poli, qu'il fit abfolument ma
conquête, & nous ne nous féparâmes
qu'après nous être promis de nous rejoin-
dre le lendemain au foir. Arrivé au rendez-
vous, près d'une demie-heure avant les
autres, il me dit, après les complimens ordinaires, qu'il avoit remarqué la veille que
la compagnie ne me plaifoit pas beaucoup ;
en effet, continua-t-il, leurs propos font
indignes d'un homme de fens, & même
d'un être raifonnable. Je me fuis fouvent
difpenfé d'y venir par cette raifon ; mais
comme je fçais qu'ils font cas de ma compagnie, je n'ai pas voulu ceffer entiérement, j'y viens de tems en tems dans l'efpoir de trouver jour à placer dans la cor-
verfation quelques difcours utiles, & les
faire renoncer à des écarts où je crains que

quelques-uns d'eux ne fe plongent. Son
intention me parut louable, & nous enta-
mions une converfation fort fenfée , quand
Prig & deux ou trois autres entrérent. La
converfation devint générale , & produifit
enfin une difpute entre Spéculifte & Prig,
fur la propriété morale des chofes : j'eus lieu
d'apercevoir qu'il s'en falloit beaucoup que
ni l'un ni l'autre eût beaucoup de religion. Cependant Spéculifte parla avec beaucoup de
modération & de candeur, du moins en aparence. Je liai bientôt une amitié étroite avec
un homme que je crus d'une conduite irrépro-
chable : j'apris qu'il avoit été deftiné d'abord
pour l'état eccléfiaftique; mais qu'ayant hérité
de deux cens livres fterlings de rente , à la
mort d'un oncle , il avoit préféré une vie
tranquille fans s'attacher à aucune profeffion particuliere. A mefure que cette liaifon fe formoit , je trouvois de nouveaux motifs d'eftimer mon nouvel ami , & j'aperçus
que fa fociété me prenoit plus de tems que
je n'en avois à ma difpofition. Je lui trouvois beaucoup de connoiffances , & je
n'avois jamais vu à perfonne une façon de
s'exprimer & de converfer fi attrayante.
J'aurois pourtant éré fort heureux de ne
l'avoir jamais connu , car fes principes
étoient déteftables ; & quoiqu'il eût le fecret de cacher fes défauts avec art , je découvris quelque tems après qu'il fe livroit
fans aucun fcrupule aux plaifirs des fens ,
& à l'amour des femmes. En un mot, dans
l'état incertain & chancelant de mon ame,

déjà coupable , j'adoptai aveuglément ſes maximes. Ses principes ſaperent ma foi par les fondemens ; j'en vins au point de croire que les paſſions ne nous avoient été données que pour les ſatisfaire , & que pourvu qu'on évitât le ſcandale , en quoi conſiſtoit tout le crime , on pouvoit ſe livrer aux excès les plus condamnables ; que les actions n'étoient bonnes ou mauvaiſes , qu'autant qu'elles contribuoient au bien public ou lui étoient opoſées ; que les cérémonies de religion , & le culte extérieur étoient des choſes tout-à-fait indifférentes. Ainſi je donnai en peu de mois dans de grandes abſurdités , & il ne fallut que quelques argumens captieux , qui flattoient mon tempérament , pour renverſer l'édifice , que la bonté & la ſageſſe de mon pere avoit pris bien de la peine à élever dans mon ame , par un travail aſſidu de pluſieurs années. Il eſt cependant certain que toute l'adreſſe de Spéculiſte , dont les raiſonnemens me paroiſſoient très-foibles , quand j'étois dans une ſituation d'eſprit plus tranquille , n'auroit fait que gliſſer ſur moi , ſi je ne m'étois pas auparavant rendu coupable d'un excès qui avoit déjà détruit en partie les bonnes inſtructions de mon pere.

La groſſeſſe de Nanny commençoit à paroître ; & comme elle s'étoit aſſez bien conduite avec moi , depuis quelque tems , je conſentis , ſuivant ſon deſir , à lui chercher un logement , & à lui fournir ſon entretien , afin de pouvoir la

voir plus à mon aife : en conféquence
elle feignit d'avoir reçu une lettre , par
laquelle on lui marquoit que fon pere étoit
fort malade & on lui mandoit de revenir
à la campagne Elle obtint fon congé de notre bonne maîtreffe, qui la vit partir , auffi
bien que tout le refte de la maifon , fans
rien foupçonner de ce qui étoit arrivé. Je
l'inftalai dans un apartement que je lui
avois choifi dans les fauxbourgs de Londres où je la dépofai , après lui avoir donné tout l'argent qui lui étoit néceffaire
dans fa fituation. J'allois la voir prefque
tous les foirs , & je continuois fans aucuns remords ce commerce qui m'avoit
plongé dans un état fi déplorable. Trois
mois après que je l'eus éloignée de chez
M. Diaper , elle accoucha d'un fils qui
heureufement mourut au bout de quelques jours. Ce fut alors que je m'adonnai
plus que jamais à la fociété de Prim &
de fes camarades , avec qui je paffois les
foirées & quelquefois des nuits entieres :
ces folies , jointes aux frais de l'entretien
de ma maîtreffe , me réduifirent à de grandes extrêmités. M. Diaper le fils avoit
avec moi un air plus grave & plus embarraffé qu'à l'ordinaire : cependant il ne me
parla point de mon changement de conduite ; mais il en agiffoit avec moi avec
moi avec autant d'amitié & de douceur :
il s'en falloit bien pourtant que je méritaf-
fe un pareil traitement , puifque j'étois
devenu un homme complétement dérangé,

CHAPITRE XI.

L'ami de son pere s'aperçoit de son dérangement & lui donne des avis. Thompson néglige ses devoirs. Conversation tendre avec le jeune Diaper. Extravagance de sa maîtresse ; il la querelle ; découvre ses infidélités , l'abandonne ; reçoit une lettre de son pere.

MOnsieur Deacon , l'ami que mon pere avoit chargé de veiller à ma conduite , & de me payer mes menus plaisirs , avoit toujours eu beaucoup de considération pour moi. Les demandes fréquentes que je lui faisois , lui firent soupçonner que ma conduite n'étoit plus si réguliere que dans les commencemens. Je n'avois pas tiré pendant les deux premieres années plus du tiers de mon argent ; & maintenant non content d'avoir exigé presque tout-d'un-coup le reste , je lui faisois des instances de jour en jour pour en avoir davantage : ainsi il étoit tout simple qu'il en eut des inquiétudes. Il en parla à M. Diaper & à son fils , & s'informa de ma conduite. Mon maître ne put lui répondre autre chose , sinon que je me comportois comme à l'ordinaire : à l'égard du fils , il m'aimoit trop pour dire les changemens qu'il avoit remarqués

en

en moi. M. Deacon imagina que fans doute j'avois placé avantageufement mon argent dans quelque entreprife, d'autant plus qu'il m'avoit trouvé une grande difpofition à l'œconomie & à la frugalité : il ne laiffa pas néanmoins de me donner les avis qu'il jugea néceffaires dans des circonftances où je n'avois perfonne pour veiller fur mes actions. Il me fit un tableau vif & frapant des débauches de la ville, & me fit toucher au doigt tous lés écueils où tant de jeunes gens vont malheureufement échouer. J'avois beaucoup de refpect pour lui, & j'écoutois toujours patiemment ce qu'il me difoit : je n'avois pas encore apris à méprifer les inftructions, ni à recevoir mal les remontrances. Je lui répondis de maniere à diffiper fes craintes pour le préfent, & il n'en écrivit rien à mon pere.

Pendant tout ce tems, le jeune Diaper mon ami étoit fort inquiet fur mon compte : il fçavoit que fi j'euffe contracté quelque habitude louable, je n'aurois pas manqué de lui en faire part avec la même liberté qu'auparavant, & de lui demander confeil, comme j'avois fait jufqu'alors : ma conduite embarraffée & ma contenance gênée lui firent craindre d'abord quelque chofe d'extraordinaire ; mais en me voyant découcher, il fut convaincu que ce n'étoit pas pour bien faire que je m'abfentois. Je le furprenois quelquefois à foupirer ; & comme il m'aimeit

I. Partie. F

beaucoup, & que jufqu'au moment où mes
mœurs ceſſerent d'être pures, j'avois
payé ſon amitié par le retour le plus tendre, & par une confiance ſans réſerve,
il ne put me cacher plus long tems ſon
chagrin. Un ſoir que j'étois prêt à aller
à mon rendez-vous, il me pria ſi inſtam-
ment de lui tenir compagnie, qu'il ne me
fut pas poſſible de le refuſer.

Nous paſſâmes le commencement de la
ſoirée ſuivant notre coutume, à cauſer ſur
différentes matieres, & à lire l'un après
l'autre : pour me rendre ma complaiſance
moins ennuyeuſe, il commanda un bon
ſouper, & nous bumes plus largement qu'à
l'ordinaire : enfin il prit la Tragédie de la
Belle Pénitente, qui ſe trouva par hazard
ſur la table. En l'ouvrant, il me lut la
ſcene tendre d'Altamont & de ſon ami
Horatio, après qu'il eut decouvert la fauſ-
ſeté de Caliſte, & me demanda ce que
j'en penſois ? J'avouai ingénument que je
regardois cette ſcene comme un chef
d'œuvre, & que, vu la querelle qu'Altamont avoit eu avec ſon ami auparavant,
il y avoit eu bien de l'adreſſe à faire venir
Lavinie, ſans laquelle il n'auroit pas été
poſſible d'opérer cette réconciliation. La
converſation tomba enſuite ſur la nature
de l'amitié, & nous nous trouvâmes pré-
ciſément du même avis. Mon cher Joſeph, me dit-il, ne puis-je pas vous accuſer d'en avoir manqué pour moi ? je
remarque depuis pluſieurs mois dans votre

conduite un changement que je ne conçois pas ; je suis pourtant bien sûr de n'a-
voir rien fait ni rien dit qui puisse vous
offenser, ni justifier votre froideur ; je vous
estime trop, pour penser à vous donner
la moindre inquiétude : pourquoi donc
vous suis-je devenu si indifférent ? Vous
fuyez ma compagnie ; vous seroit-elle
désagréable ? Si un ami sincére est le plus
grand bonheur de la vie, je ne vois point
de mortification plus sensible que de perdre ce trésor après l'avoir possédé. Notre
amitié fondée sur la vertu, étoit de telle
nature, que l'abandon seul de ses divins
principes peut avoir altéré notre union.
Mon affection pour vous est plus forte
sans doute que vous ne pouvez l'imaginer :
de quel œil voulez-vous donc que j'en-
visage cette altération visible, & ce nuage
épais que j'aperçois sur vous, qui étiez
un modele de régularité ? Puis-je ne pas
en ressentir le plus violent chagrin ! Pour
Dieu, mon cher, découvrez-moi votre
cœur ; quoi qu'il vous soit arrivé, vous
me trouverez disposé à vous consoler, &
prêt à tout faire, pour vous rendre la tranquillité. Je sçais que vous avez lié depuis peu
avec Prim : croyez-moi, sa société ne vous
convient pas ; & quoique vous ne m'ayez
jamais demandé mon avis sur le compte
de M. Spéculiste, je vous déclarerai fran-
chement que sa compagnie détruiroit à la
longue vos mœurs. Il n'y a peut-être pas

un homme plur vicieux que lui , & il eſt
d'autant plus à craindre , qu'il a le ſecret
de couvrir ſes vices, ſous les dehors de la
raiſon & dè la philoſophie. Que diroient
nos peres ? Que penſeroient-ils de vous ,
s'ils venoient à ſçavoir que vous recher-
chez ſa converſation & ſa ſociété ? Un reproche auſſi juſte & auſſi poſitif me fit
peine. Je rougis , je demeurai confus ,
& je m'en voulus ſincérement à moi-même , d'avoir trompé un ami ſi généreux.
Dans cet inſtant je formai en ſecret la réſolution de quitter mes folies : cette pen-
ſée me rendit à moi-même : je repris un
air libre , & ſans me contraindre , j'a-
vouai à ce cher ami que je ſentois toute
l'irrégularité de ma conduite. Non , me
répondit-il, je ne vous reproche rien ; je
ne veux rien ſçavoir que ce que vous vou-
drez bien me confier : rendez-moi ſeule-
ment cette amitié chaude que vous m'avez
toujours marquée , & épargnez-moi la
douleur de penſer que vous menez une
vie qui vous perdroit entierement. Ces
derniers mots , accompagnés de quelques
larmes , exciterent en moi les mêmes
mouvemens. Je promis de lui montrer
mon ame à découvert , & le priai de ceſſer
pour le moment une converſation qui devenoit trop attendriſſante pour moi. Il y
conſentit ; nous parlâmes de choſes indifférentes , & il me ſembla que pendant la
nuit toutes mes inquiétudes s'étoient diſ-
ſipées par la réſolution que j'avois priſe.

J'avois compris, à quelques mots de sa conversation, qu'il avoit deviné une partie de ma situation : cette idée fut pour moi un suplice inexprimable. Je résolus de plus en plus en plus d'abandonner mes camarades vicieux & de rentrer dans cet état de bonheur, dont j'avois presque entierement perdu le goût ; mais hélas ! que toutes nos résolutions sont fragiles ! Je crois que j'étois ensorcelé : car la soirée suivante détruisit tout ce que j'avois projetté pendant celle-ci. Mon ame accoutumée à la fainéantise & à l'extravagance, ne pouvoit pas sitôt rentrer en elle-même, & devenir capable de réflexions plus sensées. On but à la ronde ; on dit à table bien des folies ; Spéculiste nous harangua, & j'oubliai parfaitement moi-même & mon ami. Ah qu'il est difficile de dégager son cœur quand les plaisirs l'ont une fois amoli & énervé ! Les retours du vice ressemblent à ceux d'une fievre intermittente ; on ne peut pas y résister ; il l'emporte sur tout & détruit les conseils les plus raisonnables & les plus sensés.

On s'aperçut au logis de mes écarts : je passois les jours & les nuits avec mes nouveaux compagnons, ou avec ma maîtresse, dans des parties de débauche, envain Mr. Deacon m'en avertit, & me menaça d'en écrire à mon pere ; j'avois perdu tout égard pour mes devoirs, & même le soin de ma réputation. Il me survint alors un accident, qui me confirma encore plus dans ma mauvaife conduite : mon imagination déréglée me fuggera que toutes les actions pieufes & vertueufes qu'on voit dans le monde , n'é- toient que diffimulation & hypocrifie.

Les faux plaifirs que je goûtois dans mes amours, (car je ne m'en tenois pas à la feule Nanny) étoient entremêlées de circonf- tances fi défagréables, que fi je n'euffe re- noncé à tous les fentimens du bonheur , ils n'auroient pas eu long-tems des charmes pour moi. J'eus bientôt à effuyer de fa part les tours les plus fanglans : fa douceur & fa complaifance s'évanouirent, & elle con- tracta un ton & un air de hauteur qui me furprirent : fon avidité & fes extravagances me mettoient perpétuellement à l'étroit : elle m'avoit même engagé de demander à mon pere une augmentation de ma pen- fion , qui étoit déjà très-forte , & j'avois été affez dupe pour le faire. Nos entrevues commençoient d'ordinaire , & finiffoient par des querelles : nous nous accufions mu- tuellement d'être la caufe de nos malheurs prefens : bref je me laffai de ces procédés : je n'allai plus la voir que rarement ; & fi je n'euffe apréhendé les effets de fon na- turel violent, je m'en ferois féparé tout- à-fait. Je crus apercevoir en elle un air d'in- térêt & de réferve , que je ne lui connoif- fois pas auparavant. Ayant été toute une femaine fans la voir , je voulus lui porter quelque argent , que je venois de recevoir de M. Deacon, qui par importunité me l'avoit avancé , quoiqu'il ne fût pas encore

échu. En arrivant chez elle , l'hôtesse me
dit en souriant, que le cousin de Me. Jen-
kin étoit avec elle ; car c'étoit-là le nom que
nous avions pris: je passois pour son mari : je m'étois annoncé pour un commis de
la douane, occupé sur la riviere , ce qui
rendoit mes visites si incertaines ; ce mot
de cousin me rendit rêveur ; car je l'aimois réellement. Après avoir questionné
cette femme ; elle me dit qu'il y venoit tous
les jours , & qu'elle avoit cru que je ne
l'ignorois pas. Je n'en dis pas davantage ;
mais montant doucement dans la chambre
à coucher , je me cachai dans un cabinet,
d'où je pouvois entendre tout ce qui se
passoit dans la salle. Il n'y avoit pas long-
tems que j'y étois , lorsqu'à mon grand
étonnement j'entendis la voix de M. Par-
ker notre premier garçon de boutique.
Qu'on imagine quelle fut ma surprise, &
les réflexions qui me tourmenterent , quand
je fus pleinement instruit des raisons qui
l'amenoient , par le discours suivant , qu'interrompoient ae fréquentes caresses. Quoi,
lui dit-il , notre jeune dupe n'est point venu
de la semaine ? en vérité , Nanny, vous
deviez agir un peu plus politiquement ; si
vous le traitez si rudement , vous perdrez
ce galant : vous sçavez pourtant que nous
ne pouvons nous passer de lui. Cela est
vrai , dit-elle ; mais vous sçavez aussi que
je ne me suis donnée à lui que pour couvrir notre intrigue , & il m'a inspiré une
aversion si complette, que je ne puis plus

la cacher : je m'étonne même que vous vouliez m'impofer une tâche fi difficile. Si ce n'étoit fon argent , repliqua-t-il , on pourroit bien le congédier ; mais dans l'état où je fuis prefentement , il m'eft impoffible de vous entretenir feul : il fuplée à tous vos befoins ; vous devriez donc vous conduire de façon à le retenir , du moins jufqu'à ce que nous puiffions faire mieux. Ce difcours finit par une careffe, qui , autant que je pus conjecturer , fut pouffée auffi loin qu'elle pouvoit aller. Je n'ai point de termes pour exprimer mon étonnement : je fus faifi de rage & de fureur : mes genoux ployoient fous moi , & j'étois prêt à tomber fur le parquet ; mais raffemblant mes forces , je defcendis à la hâte , & j'allai dans le voifinage écrire une lettre que je laiffai à fon hôteffe avec deux guinées. J'acquittai ce qui pouvoit être dû pour le logement , & je dis à cette femme que je ne prétendois plus rien payer à l'avenir : après quoi je partis fort content de m'être conduit avec tant de prudence & de modération. Voici ma lettre.

» Je viens , Me. , d'avoir des preuves cer- » taines de vos trahifons : j'ai entendu votre » converfation , & je ne veux plus être vo- » tre dupe. Ne croyez pas que je vous ac- » cable de reproches ; je ne m'en prends » qu'à ma fottife fi j'ai été le jouet d'une » femme indigne qui fait ma perte. J'ai payé » ce qui étoit dû de votre logement , & j'ai » remis à votre hôteffe deux guinées pour

» VOS

vos befoins actuels ; mais foyez sûre de ne plus entendre parler de Joseph Thompfon.

Poftcript. Que votre amant fe conduife avec prudence ; s'il tranfpire la moindre chofe de fa conduite, ce ne fera point de ma faute.

Si cette femme eût pris pour amant quel-que perfonne indifférente , cette aventure m'auroit fur le champ détaché , & guéri du vice qui entraîne après lui tant d'incon-véniens ; mais Packer étoit regardé comme un prodige de fageffe : il avoit eu le fecret de fe conduire avec tant d'adreffe , qu'il s'étoit fait aimer de toute la famille ; il s'é-toit attaché fur-tout à m'obliger. On le voyoit tous les jours à l'Eglife, & il affec-toit un tel extérieur de piété & de reli-gion , que c'étoit l'homme que j'aurois foup-çonné le moins d'une action criminelle ; mais maintenant , en découvrant la noir-ceur de fa conduite, j'en conclus brufque-ment qu'il n'y avoit point de probité réel-le dans le monde , & je me rapellai cette maxime de M. de la Rochefoucault , que Spéculifte avoit toujours à la bouche , *le monde eft rempli de fripons & de fots , & les hommes ne différent entr'eux que du plus au moins.* Je me perfuadois que c'é-toit à l'hypocrifie & à la diffimulation plutôt qu'à la vraie piété ou à la vertu qu'il fal-loit attribuer la conduite régulière de ceux qu'on regardoit comme les plus honnêtes gens. J'étois charmé d'être forti d'efclavage & de me voir foulagé de la dépenfe où

I. Partie. G

cette intrigue m'avoit jetté ; & je jurai bien que dorénavant aucun objet particulier ne me feroit faire de pareilles folies. Ces résolutions furent encore fortifiées par la conversation que j'eus le soir même avec Spéculiste : & la gayeté que m'inspira le vin & la compagnie de mes vieux camarades, ne fit que les confirmer de plus en plus.

Quand je fus de retour à la maison, j'apris que M. Deacon m'avoit aporté une lettre de mon pere pour moi ; je l'ouvris à la hâte, & j'y lus ce qui suit.

Mon cher fils,

„ Je suis surpris que vous me demandiez
„ une augmentation de vos menus plaisirs,
„ j'ai peine à comprendre comment vous
„ avez pu même dépenser la somme que
„ vous avez déjà reçue. Si j'étois homme
„ à soupçonner votre conduite , j'aurois
„ lieu de le faire, d'autant plus que je vois
„ avec chagrin que vous négligez d'écrire
„ à votre mere & à moi , comme vous
„ aviez coutume. M. Deacon m'a fait en-
„ trevoir sur votre compte , quoiqu'avec
„ tous les ménagemens possibles , certai-
„ nes choses qui ne peuvent que m'allar-
„ mer beaucoup ; mais comme M. Diaper
„ m'a parlé avantageusement de vous , la
„ derniere fois qu'il m'a donné de vos nou-
„ velles , & que je sçais d'ailleurs qu'une
„ éducation vertueuse , jointe à un excel-
„ lent naturel , vous mettent à l'abri du

„ vice & de la débauche si commune à
„ Londres, je ne veux point me prêter à
„ des soupçons inquiétans. Je fais plus ; je
„ vous accorde votre demande, & je prie
„ mon ami d'augmenter votre pension de
„ dix guinées par an. J'espére, mon cher
„ fils, que vous ne me donnerez pas lieu
„ de me repentir de mon indulgence. Je
„ sçais les dangers que courent les jeunes
„ gens dans cette maudite ville ; & je suis
„ même quelquefois tenté de me reprocher
„ de vous y avoir exposé ; mais quand je
„ songe aux excellens exemples que vous
„ avez devant les yeux dans la personne
„ de votre digne maître & de son aimable
„ fils, je trouve de quoi me tranquilliser.
„ Ressouvenez-vous bien qu'une dépense
„ immodérée, même à des choses inno-
„ centes, a souvent de mauvaises suites,
„ & forme avec le tems une habitude qui
„ tend à corrompre le cœur. Je serois fâ-
„ ché de vous voir avare & intéressé ;
„ votre caractere me répond du contraire.
„ Tâchez de bien employer votre argent ;
„ que l'abondance ne vous engage point à
„ vous livrer trop aux plaisirs, ni à une
„ générosité folle. Sir Walter a fait bâtir
„ une maison dans le voisinage ; sa fille est
„ toujours avec votre mere : elle paroît
„ avoir beaucoup d'amitié pour moi & pour
„ toute ma famille : ils vous font tous leurs
„ complimens. Je suis, &c.

Votre pere William Thompson.

CHAPITRE XII.

Il va à la Comédie ; motifs qui l'y condui-
sent ; il converse avec des femmes débau-
chées. Aventure en sortant d'une maison
de plaisir. Il se bat contre le guet : est
emmené avec Prim au corps de garde du
guet. On les relâche. Il paie une dette
pour Prig. Commencement de sa connois-
sance avec Mistress Modish.

CEtte lettre de mon pere me fit d'abord beaucoup de peine , & ouvrit un champ vaste à mes réflexions , que je ne tardai pas à étouffer. Le seul avantage que j'en tirai , fut d'être plus attentif à sauver les aparences au logis , afin que M. Diaper ne s'aperçut pas de mon train de vie. Je ne revins plus si tard , & ne passois plus les nuits quand il étoit à la ville , ce qui lui arrivoit rarement , parce que son fils devenoit de jour en jour plus capable de tenir sa place : pour lui il fermoit les yeux à tout sans rien dire. Délivré des embarras de ma perfide maîtresse , & voyant que Packer , pour son propre intérêt , se con-duisoit avec beaucoup de circonspection & de modestie , je me plongeai plus que ja-mais dans les faux plaisirs auxquels j'avois pris goût. J'allois tous les jours avec Spé-culiste , Prig ou Prim au théâtre qui étoit alors mon plaisir favori : mais comme j'a-

vois l'esprit gâté, la morale sublime de nos
excellentes piéces dramatiques, ne faisoit
que glisser sur mon cœur. La Comédie devenoit pour moi un lieu de débauche où
je me mêlois parmi une multitude de gens
sans sentimens. Siffler, troubler le spècta-
cle, faire rougir les femmes, former des parties de plaisir avec des gens perdus, quoique
distingués par leurs habits & leurs titres :
voilà les motifs délicats qui nous y atti-
roient. Souvent nos amusemens aboutif-
soient à des querelles & à des débauches,
dans lesquelles nous faisions les actions les
plus extravagantes, & tenions les propos
les plus horribles & les plus obscènes : comme nous y allions rarement sans être en
pointe de vin, nous en sortions souvent
en plus mauvais état encore. Nous allions
ensuite au cabaret, où nous achevions de
nous enyvrer : alors nous courions les rues
& commettions des excès, que je rougis
même de raporter. Les femmes galantes
attirerent ensuite mon attention, & je pris
pendant quelque tems le plus grand plaisir
du monde à fréquenter les mauvais lieux.
Si je détaillois les mauvaises affaires que
cette conduite m'attira, & les peines que
j'eus à échaper aux tromperies des filles de
joie, & à la rage de leurs faux braves, je
craindrois d'abuser de la patience de mes
lecteurs & les éloigner trop long-tems de
choses plus importantes & plus agréables
pour eux. Les tours que j'ai vu jouer aux
novices qui leur tomboient entre les mains,

G 3

l'afpect feul de ces femmes , charmantes au-
dehors , quand on les voit dans leur état
naturel , feroient capables de dégoûter
tout autre que des miférables qui ont re-
noncé à toute délicateffe , & à l'ufage de
la raifon & du bon fens. Les excès de cette nature me rendirent fréquemment la
victime des maladies les plus honteufes ;
mais je n'en fus que peu incommodé , au
moyen de l'attention que j'avois d'y reme-
dier de bonne heure. Un garçon chirurgien , qui étoit de notre bande , étoit toujours prêt à nous rendre fervice. Son ha-
bileté & les drogues de fon maître nous
tiroient bientôt d'affaire , fans nous faire
garder la chambre , & fans nous priver
pour long-tems de l'odieufe coutume de
retourner dans ces temples de Satan.

Un jour en defcendant le *Strand* & *Fleet-
Street* , nous attaquâmes tous ceux qui fe
trouverent à notre paffage ; nous caffâmes
les lampes , battimes le guet , volant fes lan-
ternes & fes bâtons quand nous le trou-
vions endormi dans fes poftes. En tournant
le coin de *Fleetditch* , nous aperçumes un
des gardes de nuit enféveli dans un profond
fommeil , avec fa lanterne & fon bâton à
côté de lui ; nous prîmes l'un & l'autre que
nous jettâmes dans le foffé ; mais cet homme s'étant réveillé en furfaut , nous pour-
fuivit avec une douzaine de fes camarades ,
à qui fes cris avoient donné l'allarme. Nous
étions bien plus agiles qu'eux , & nous nous
fuffions échapés , s'il n'étoit forti de *Lud-*

gâte, dans le tems que nous passions sous
la porte , un archer du guet , qui du premier coup étendit Prim sur le pavé. Irrité
de cette aventure , & de l'injure faite à
mon ami , je courus à lui , & lui arrachant
son bâton des mains , je l'envoyai bientôt tenir compagnie à Prim : pendant ce
tems , il vint du renfort ; j'avois bien de
la peine à me soutenir ; & après avoir donné & reçu plusieurs coups sur le dos & sur
les épaules , deux hommes me saisirent par
derriere , & me conduisirent au corps de
garde avec Prim qui étoit revenu à lui. Là
présidoit en cérémonie la majesté nocturne
du Connétable , qui entendant les accusa-
tions que l'on alléguoit contre nous , jugea à propos de nous mener droit en prison : pour cet effet , il envoya chercher
toute sa bande , mais voyant à son air que
ce Magistrat ne seroit pas intraitable , je
demandai à lui parler en secret ; & lui ayant
glissé un écu dans la main , pour apuyer
mon éloquence , il engagea les parties in-
sultées à en venir à un accommodement ,
en disant que nous avions l'air de jeunes
gens bien nés , & que nous les dédomma-
gerions de leurs peines. Son éloquence fit
effet ; on aporta de la bierre & du pain
d'épices ; nous en fûmes quittes pour donner un schelling à chaque homme , & payer
la lanterne & le bâton. Il faisoit jour alors ;
mais nous étions dans un état si pitoyable ,
que nous convînmes de ne rentrer chez
nous que le soir. Nous dirigeâmes nos pas

vers *Iflington*, pour tâcher, en prenant l'air de la campagne, d'apaifer les fumées de la boiffon, & nous délaffer de notre mauvaife nuit. Nous trouvâmes en notre chemin le pauvre Prig, faifi par des Huif-fiers, qui le menoient en prifon : il fut hon-teux de nous rencontrer ; mais ayant fçu qu'il étoit arrêté pour trois guinées qu'il devoit à fon cordonnier, nous nous coti-fâmes pour payer la fomme & les dépens, & avec un pot d'eau-de-vie par deffus le marché, nous le délivrâmes. Comme il avoit paffé la nuit ainfi que nous, nous l'emmenâmes, & arrivâmes à l'heure du dîner à Halloway, où trouvant dans une maifon que nous connoiffions déjà , une compagnie qui ne faifoit que de fe mettre à table , nous nous y mîmes auffi. Il y avoit entr'autres une fort jolie femme, qui paroiffoit avoir environ trente ans : fon mari, homme de mauvaife humeur, & d'un caractere encore pire, l'avoit amenée pour l'y faire prendre l'air. On apercevoit en elle tant d'averfion pour cet homme , & tant de complaifance pour tout autre, que je ne fus pas long-tems à juger de fa difpofition , & je fis mon poffible pour lier avec elle une connoiffance plus étroite : quand on eût deffervi, quelqu'un de la compagnie propofa un tour de promenade dans le jardin ; je lui prefentai ma main qu'elle accepta volontiers, & nous laiffâ-mes fon époux fumer tranquillement fa pipe avec mes compagnons & deux ou trois

autres, vis-à-vis une jatte de punch. Cette
Dame n'étoit pas trop réservée ; & je jugeai par ce que j'apercevois, que fi elle
en trouvoit l'occafion, elle ne feroit pas
languir un amant, pour peu qu'il la preffât.
Elle m'avoit frapé vivement, & j'étois déterminé à tout faire pour en jouir. Je trouvai le fecret de me rendre fi agréable,
qu'elle me donna un rendez-vous pour le
lendemain chez une connoiffance qu'elle
avoit à la ville, & où je devois demander
Miftreff Modish. Nous revînmes tous enfemble à Londres ; Prim & Prig avoient le
mot du guet, & chercherent à amufer le
mari.

CHAPITRE XIII.

*Suites fâcheufes de fon amour. Il fe dé-
guife en mafque. Il eft accroché dans le
jardin de Vauxhall. Il eft battu &
volé : va chez M. Spéculifte. Cataftrophe
de Prim. Il gagne une maladie honteu-
fe : eft tout-à-fait ruiné : met fa montre en gage : va au jeu : eft jetté en bas
des dégrés : rencontre Prig à Tom
King's : revient au logis, & y eft bien
reçu.*

LE lendemain je comptois les heures
avec beaucoup d'impatience, en at-
tendant le tems de mon rendez-vous. Je
prétextai quelques affaires à la douane, &

j'allai vifiter le lieu qui renfermoit ma Princeffe. C'étoit chez une petite marchande de *Towerhill* : elle m'y attendoit avec autant d'impatience, que j'en avois eue de la joindre. Je vis bien que cet endroit n'étoit pas deftiné pour le théâtre de nos amours ; car quand la bonne femme fût éloignée , elle me dit de lui propofer d'aller avec elle à Vauxhall, & me donna des inftructions, pour l'apeller fon coufin. Auffi-tôt qu'on eut pris le thé, je m'acquittai de la commiffion ; & je fis fi bien les grimaces néceffaires, qu'ayant remarqué que fa connoiffance étoit fort occupée, je la preffai de nous accompagner. Elle s'en excufa poliment , comme je m'y étois attendu. Je fis venir un caroffe , & je donnai la main à ma Dame ; fi-tôt que nous fûmes montés, je dis au cocher tout haut d'aller à Vauxhall , mais tout bas de nous mener le plus vîte qu'il pourroit à Chelfea. Nous nous fîmes de part & d'autre en chemin beaucoup de careffes ; en un mot nous devînmes fi paffionnés l'un pour l'autre, que le caroffe alloit trop lentement à notre gré. Elle m'accordoit les libertés les plus féduifantes, & paroiffoit charmée & même fiere de fa conquête. Elle m'aprit que fon mari étoit un riche droguifte , & qu'on l'avoit mariée fans fon confentement, & malgré fes répugnances à cet homme, qui par le caractere le moins fociable, le plus foupçonneux & le plus jaloux, la contraignoit à chercher ailleurs une félicité qu'elle ne trouvoit point chez elle. Je commençai à croire que je n'avois rien à me reprocher en me livrant à cette intrigue : je la confidérai comme une belle femme malheureufe, à qui c'étoit une œuvre méritoire de procurer quelque confolation. C'eft ainfi qu'on raifonne faux, quand on a le cœur corrompu & abforbé fous le poids de l'iniquité, on fe pallie à foi-même les crimes les plus odieux, quand la plus petite circonftance peut contribuer à les diminuer. Je fuis perfuadé que les gens les plus abandonnés raifonnent ainfi en eux-mêmes, & qu'il n'y a point d'homme fi méchant qui ne trouve dans fon efprit quelque excufe à fes fautes, avant que de goûter les faux plaifirs qu'il s'en promet ; preuve bien claire, que le cœur de l'homme a été créé originairement fans aucune mauvaife inclination, & que l'Auteur de la nature ne lui infpire que des mouvemens louables. Je me laffois de cette multiplicité que je me permettois dans l'ufage des femmes : ces jours miférables & inquiets qui fuccedent à des nuits de débauches honteufes, & qui laiffent après elles la laffitude, la pâleur & les maladies, commençoient à m'infpirer du dégoût. Je regardai cette aventure comme un moyen de me retirer de ces débauches ennuyeufes, & je réfolus de me fixer à ce feul objet, & de m'enyvrer d'amour dans fes bras. Miftreff Modish joignoit à un fort beau vifage un tour d'efprit & un fens qui

me charmoit : je trouvai sa conversation
amusante , & je me crus le plus heureux
des hommes dans ses bras. Nous passâmes
la journée ensemble avec une satisfaction
réciproque , & nous nous séparâmes à
regret. Il faut avouer que si on excepte le
plaisir des sens , qu'elle satisfaisoit d'une façon si peu légitime , elle n'avoit point
de mauvaise qualité. Que cette pauvre femme eût passé des jours heureux & tran-
quilles , si le sort lui eût donné un mari
sensé & humain , à qui elle eût pu ac-
corder son affection , au lieu d'un miséra-
ble , chagrin , jaloux & brutal , qui n'avoit
pas assez d'esprit , pour chercher les moyens
de gagner sa tendresse ! Qu'il y a de
malheureuses femmes dans ce cas par l'a-
varice & les préjugés mal-entendus des parens !

Nos rendez-vous étoient assez fréquens :
j'abandonnai mes anciens camarades , &
je n'étois occupé que du soin de lui plaire & de l'obliger. Je croyois trouver
dans ce commerce quelque chose de flat-
teur , qui rappelloit mon bon goût & ma
premiere délicatesse. Je ne m'imaginois
point faire de mal , parce que cette intrigue ne me donnoit point d'inquiétudes ;
mais cette espéce de débauche réservée
ne devoit pas durer long-tems. Un soir ,
en revenant de promener à la campagne ,
elle avoit son bras apuyé sur mon épaule , lorsque nous fûmes rencontrés par un
homme , dont la vue la jetta dans la plus

grande confternation : elle étoit toute
tremblante, & prête à fe trouver mal. Je
ne fus pas long-tems à en découvrir la
caufe ; car j'entendis cet homme lui dire:
Où avez-vous été vous promener, mà
fœur ? mon frere fe porte t-il bien ? Votre
ferviteur, Monfieur, me dit-il ; & auffi-
tôt il s'éloigna fort vîte. Quand ma maîtreffe fut un peu revenue, elle m'aprit que cet
homme, le frere de fon mari, avoit
toujours été fon plus grand ennemi ;
qu'ayant quelques prétentions, en cas qu'il
mourut fans enfans, elle ne doutoit pas
qu'il ne profitât de cette rencontre pour
lui faire tout le mal qu'il pourroit. Je fus
extrêmement fâché de cette aventure :
j'avois le cœur trop bon, pour envifager
de fens froid les infultes qu'elle auroit à
fouffrir. J'allai jufqu'à lui propofer de quitter fon mari ; mais elle reçut cette propofition avec beaucoup d'éloignement, &
m'affura qu'elle ne feroit jamais rien qui
pût nuire à fa réputation, ni occafionner
ma ruine, qu'une pareille action ne man-
queroit pas de produire. Je l'embraffai avec
toute la reconnoiffance que méritoit un
pareil difcours : nous nous féparâmes en
pleurant, & nous flattant en vain de l'ef-
pérance d'impofer filence au frere. Elle me
promit de le tenter, & nous nous donnâ-
mes parole de nous voir le lendemain. Inquiet de ce qui étoit arrivé, je me rendis
au lieu du rendez-vous ; mais au lieu d'elle,
j'y trouvai la lettre fuivante.

„ Je crains bien, mon cher Thompſon,
„ que ce ne ſoit pour la derniere fois que
„ j'aurai la liberté de vous écrire. Mon
„ mari ſçavoit notre aventure avant mon
„ retour au logis ; on la lui a annoncée
„ avec les circonſtances les plus fortes que
„ la méchanceté puiſſe inventer. Jugez de
„ la réception qu'on m'a faite par ce que
„ vous ſçavez de la brutalité de mon mari :
„ je vous en épargne le détail, pour ne
„ point vous chagriner : on va m'entraîner
„ dans une heure à la campagne, où mon
„ fort eſt d'être enfermée peut-être pour
„ le reſte de mes jours. Je n'ai que le tems
„ de vous écrire cette lettre ſans être re-
„ marquée. Imaginez, ſi vous pouvez, le
„ chagrin que me cauſe notre cruelle ſépa-
„ ration. Je crois que vous le partagerez
„ avec moi ; tâchez d'oublier l'infortunée
„ Modish, & ſoyez auſſi heureux que vous
„ le méritez.

Catherine Modish.

Je fus long-tems ſans pouvoir digérer
cet accident fâcheux : ma compaſſion, ma
douceur naturelle, & mon caractere généreux à l'excès, me cauſerent dans cette
occaſion un chagrin inexprimable. Je m'ac-
cuſois d'être la cauſe de ſes malheurs, &
je formois des projets de vengeance contre
ſon mari ; mais le peu de raiſon qui me
reſtoit, ſervit à bannir ces idées. Je retournai avec mes anciennes connoiſſances, qui

me reçurent comme un homme reſſuſcité : car j'avois été fort diſcret avec Prim & Prig, & mon intrigue avec Miſtreſſ Modish avoit été dérobée à la connoiſſance de tout le monde avec un ſoin prodigieux. Je me replongeai de nouveau dans le tumulte, le bruit & les extravàgances, dans la vue de diſſiper mon chagrin. Le ſouvenir de cette femme charmante me rendit pendant quelque tems tous les plaiſirs inſipides ; mais je ne tardai pas à faire taire mes réflexions. Un jour nous marquâmes tous avoir envie d'aller à une maſcarade, qui étoit alors un divertiſſement fort à la mode : nous nous pourvûmes des déguiſemens convenables, Spéculiſte, Prim, Prig & moi, & nous entrâmes dans cette aſſemblée. Jamais ſurpriſe ne fut égale à la mienne, à la vue d'un ſpectacle auſſi fou, dont je n'avois encore aucune idée. On y voyoit des perſonnes de l'un & de l'autre ſexe occupées à faire mille folies ridicules, qui pourroient à peine convenir à des ſinges : on n'y entendoit que chuchotemens, agaceries, diſcours laſcifs, contraires à la modeſtie & aux bonnes mœurs. En un mot, à la faveur du déguiſement on y banniſſoit toute retenue, & on lâchoit la bride aux mouvemens déréglés de ſon cœur. Prim ſe retira bientôt à une table de jeu, où en un tour de main, il perdit tout ſon argent, après quoi il s'en alla en maudiſſant ſa mauvaiſe fortune. Spéculiſte s'engagea dans un tête à tête avec une femme, avec qui je le vis

difparoître au bout de quelque tems ; mais
j'apris le lendemain qu'au lieu d'une Com-
teffe, comme il l'avoit cru, il s'étoit trouvé
avec une femme galante, qui avoit eu
l'adreffe de lui faire dépenfer beaucoup
d'argent, & qui pour récompenfe lui avoit
accordé des faveurs cuifantes. Prig épuifa
toute la malignité naturelle de fon cœur
à railler toute l'affemblée ; & nous trouvant
tous les deux las de ce fpectacle, nous fortîmes enfemble & allâmes à la Taverne,
où Prim vint bientôt après nous joindre
avec la face allongée & l'air tout-à-fait
confterné : il avoit perdu vingt guinées ; &
& ce qui le chagrinoit le plus, c'eft que
plus de la moitié de cet argent étoit de la
caiffe de fon maître. Nous trouvâmes
moyen de le tranquillifer fur cet article, en
nous cotifant pour rétablir fa fomme ; &
ayant envoyé chercher nos habits, nous
foupâmes & regagnâmes chacun notre logis, avec parole d'aller le lendemain à
Vauxhall.

Le lendemain au foir je paffai chez M.
Spéculifte pour l'emmener. Il étoit fi fâché
de fon aventure de la nuit derniere, qu'il
réfolut de garder la chambre quelque tems ;
ainfi je le quittai pour aller au rendez-vous
où je devois trouver les deux autres. Mais
après les avoir attendu un peu, voyant que
perfonne ne venoit, & ne voulant pas perdre le plaifir que je m'étois propofé de
goûter cette nuit, je pris une chaloupe pour
me conduire à Vauxhall. Comme je n'a-
vois

vois point exigé du batelier de me conduire
seul, & que je lui avois laissé la liberté de
prendre du monde, pourvu que la compagnie me convint; en arrivant vis-à-vis
de Whitehall nous reçumes à bord une
jeune & belle Dame, suivie d'un laquais
à livrée verte : je lui presentai la main pour
entrer dans la chaloupe : elle l'accepta avec
politesse, & nous continuâmes notre route. A voir cette jeune Dame, on l'auroit
prise pour la Déesse de la mer : on ne
pouvoit la regarder sans ressentir la plus
grande satisfaction. Ses traits avoient une
douceur si engageante, qu'ils auroient ap-
paisé les rigueurs des peines & éclairci l'air
sourcilleux du chagrin. Sa modestie n'étoit
point affectée, & un seul de ses regards
auroit humanisé la brutalité même. Je m'es-
timai fort heureux d'avoir dans ma chaloupe
une compagne si aimable, & je tâchai avec
toute la politesse, dont j'étois capable, de
lui rendre ma compagnie & ma conversation agréables. En débarquant à Vauxhall,
elle fut reçue par un jeune homme qui
l'aborda d'un air si tendre, & elle le reçut
avec tant de plaisir, que je découvris, avant
qu'ils ouvrissent la bouche, qu'ils étoient
joints par les nœuds les plus étroits. Elle
me remercia poliment, & son heureux
époux la seconda d'un air si doux que j'en
restai confus. Comme nous étions venus
tous pour prendre les mêmes divertissemens, il me pria d'accepter leur société;

L. Partie.   H

je n'eus garde de les refuſer, tant ils m'a-
voient prévenu en leur faveur. Le diſcours
du jeune homme étoit ſenſé, & nous fûmes ſi contens l'un de l'autre, que ce ne
fut qu'avec peine que nous nous ſéparâ-
mes, quelque tems après ; quand ils ſorti-
rent des jardins ils me donnerent leur demeure, en me priant de les aller voir &
de cultiver leur connoiſſance. Je ne pus
m'empêcher de porter envie au bonheur
de ce couple aimable. La vertu brilloit en
eux avec tant de graces, & ſans avoir rien
de cette dureté ordinaire aux gens à mœurs
ſéveres, que je fis une comparaiſon bien
mortifiante de mon état preſent au leur ;
ces réflexions me donnerent quelques momens de chagrin, & je n'en ſortis qu'en
apercevant une femme qui me parut jetter
ſur moi un regard obligeant, en ſe prome-
nant dans une allée. Je paſſai devant elle,
& en la rencontrant une ſeconde fois, je
crus découvrir en elle un certain air qui me
frapa, quoiqu'elle eût bien trente ans. J'étois
réſolu de tenter quelques moyens de l'ac-
coſter, quand elle fit un faux pas à quelque
diſtance de moi. Je courus à elle & la re-
tins dans mes bras, craignant qu'elle ne ſe
fût donné une entorſe. Madame, lui dis-
je, ne vous êtes-vous pas fait de mal ?
Non, Monſieur, répondit-elle en ſouriant,
je n'ai pas d'autre peine que d'avoir cauſé
de l'embarras à une perſonne ſi généreuſe.
Je vous aſſure, Madame, lui dis-je, que

je suis toujours au service des belles Dames ; quant à l'embarras que vous craignez de m'avoir donné, il ne tient qu'à vous de le réparer ; je vous avoue que j'en ai eu beaucoup. Mais je crois que je ferois mieux de vous conduire ici près, afin que vous puissiez vous y remettre un peu de votre frayeur. Elle y consentit par un signe de tête. Je m'assis vis-à-vis d'elle, & je fis venir du vin & des confitures. Soit à dessein ou par hasard, elle en répandit quelques gouttes sur ma main & sur mes manchettes, & voulut les essuyer avec son mouchoir. Je m'y oposai, & dans ce combat de politesse, son visage se trouva si proche du mien que j'y appliquai un baiser. Elle rougit & parut s'en fâcher ; mais revenant à elle, elle voulut me quitter, sous prétexte qu'elle apréhendoit que quelqu'un de sa connoissance ne la surprît avec moi. Je lui proposai de l'accompagner à la promenade dans les jardins ; elle accepta mon bras après quelques façons. Au bout d'une des allées un jeune homme l'accosta assez cavalierement en la nommant Mistriss Tripley, & sa réponse m'étonna fort, en me faisant connoître que c'étoit une femme de bonne volonté, c'est-à-dire de ces personnes faciles, qui sans être publiques reçoivent volontiers chez elles des amis sous l'ombre du secret. Nous devînmes bientôt familiers ensemble ; & je fus assez sot pour lui proposer de la remener à *Newington* où elle m'avoit dit qu'elle demeuroit, & elle n'hési-

H 2

ta pas à accepter ma compagnie. * Rien
n'eft fi propre à amollir le cœur que ces
fpectacles de mufique. Ils excitent les
paffions dans les perfonnes les plus tempé-
rées, & les difpofent infenfiblement à la
tendreffe. Ce n'étoit pas tout-à-fait fans
raifon, qu'un légiflateur célebre banniffoit
les muficiens de fa république. Tous ces
airs tendres préparent le cœur aux im-
preffions du plaifir, & dégradent l'ame en
augmentant la foibleffe naturelle, à laquelle la nature humaine eft fujette. Le
moyen de réfifter aux doux accords des
fons touchans, aux aparences de la beauté,
revetue par fon attirail le plus engageant,
au pouvoir & aux attraits du vin ? Les ber-
ceaux de verdure, les zéphirs rafraîchiffans,
tout confpire à bannir cette régularité de
conduite, dont rien ne peut balancer la
perte. Il étoit fort tard quand nous en partîmes, & j'avois bu un peu largement auffi
bien que ma maîtreffe. Le caroffe que
nous avions pris pour nous mener chez elle,
excita en moi des defirs preffans : je lui
fis mille careffes, auxquelles elle fe livra
de bonne grace. Nous étions fortement
preffés dans les bras l'un de l'autre, quand
le caroffe s'arrêta. J'entendis une kiriella
d'injures & une voix groffiere, comme
celle d'un matelot, qui demandoit une

* Vauxhall eft un lieu où en certains tems de
l'année le peuple de Londres va fe réjouir : on y
trouve des promenades agréables, des concerts,
de la danfe & tous les plaifirs.

femme, qui devoit sûrement être dans ce
carosse, & qui étoit la sienne : je sçais,
ajouta t-il qu'il y a avec elle un jeune
homme ; mais pardieu je le mettrai hors
d'état de venir jamais chasser sur mes
terres ; en parlant ainsi il ouvrit la portiere
en un clin d'œil, & je me sentis atteint
d'un grand coup de bâton sur les épaules.
Ma donzelle fut tirée du carosse avec
violence : je sautai en bas après elle, &
je pris mon drôle au collet ; mais il m'en
tomba à l'instant deux ou trois autres qui
me donnerent encore une demi-douzaine
de coups, dont je fus renversé par terre.
Je n'eus qu'autant de force qu'il en falloit
pour demander la cause de ce traitement,
& il faisoit si noir que je ne pûs découvrir
ni le nombre, ni le visage de mes assas-
sins. Comment chien que vous êtes, me
répondit la même voix, vous raisonnez
encore ; je vous donnerai votre affaire
avant que de vous quitter : pour vous,
Madame, je réserve votre punition jusqu'à
ce que nous soyons au logis. La femme
fit alors la désolée & jura à son mari,
car elle l'apelloit ainsi, que c'étoit moi
qui l'avoit forcée de monter avec moi
dans le carosse. Je voulus en apeller au
cocher ; mais ce coquin étoit de la clique,
& confirma ce qu'elle avoit dit. Ce pour-
parler finit par m'accabler de coups de
poings, de pieds & de bâtons, tant que
j'en perdis connoissance. Je ne puis pas
bien dire si je fus long-tems dans cet

état ; mais quand je repris mes fens, je me trouvai entre les mains de deux ou trois perfonnes, qui paffant heureufement par ce chemin, me releverent & effuyerent le fang dont mon vifage étoit couvert. Je n'avois plus que mes culotes, mes bas & mes fouliers ; mes affaffins m'avoient volé habit, vefte, chapeau, boucles, une canne à pomme d'or & quatre guinées que j'avois dans ma poche. Ainfi voyant que j'étois tombé entre les mains de coupe-jarèts, on ne s'informa point des caufes de mon aventure, & je n'avois pas envie non plus de déclarer la vérité de l'hiftoire. Je les priai de me conduire jufqu'à quelque maifon ; ce qu'ils firent ; c'étoit dans un petit cabaret borgne fur le bord du chemin, dont on engagea l'hôte à me prêter une vieille Roquelaure pour aller jufqu'à Londres. Je fus obligé de lui laiffer en gage mes bas qui étoient de foie : autrement il m'auroit plutôt laiffé périr de froid que de me donner le moindre fecours. Il étoit près d'une heure du matin quand j'arrivai à la ville, fans force & ne pouvant plus me traîner. Je ne me fouciois pas d'aller au logis dans cet équipage ; je me rendis chez Spéculifte, qui ne faifoit qu'arriver de la Taverne. Après lui avoir raconté mon hiftoire, j'eus à effuyer de fa part de bons avertiffemens. Il envoya chercher un chirurgien pour panfer mes bleffures. Celui-ci trouva qu'il ne me falloit que des emplâtres ordinaires ; c'étoit un

honnête homme , qui ne chercha point
par un jargon inintelligible , & par la char-
latannerie des gens de son art, à attraper
mon argent. Je dormis profondément jufqu'au lendemain dix heures du matin ,
& je me trouvai en état d'aller à mes affaires. Mon ami Diaper fut furpris de me
voir un autre habillement ; car j'avois emprunté de Spéculiste un juste-au-corps &
une veste ; mais voyant que j'avois le visage
si maltraité, & aprenant de moi que j'avois
été volé & battu, il ne voulut pas souffrir
que je restasse debout, & exigea absolument que je me misse au lit. J'avois eu
grand soin dans mon recit de ne rien dire
qui pût faire connoître ce qu'il y avoit de
répréhensible dans ma conduite. Quand je
fus couché , j'eus tout le tems de réfléchir
à mes extravagances , & aux malheurs
qu'elles m'avoient attirés. Il faut l'avouer ,
mes actions se presenterent à moi sous un
aspect si absurde, que rien ne peut exprimer
la confusion & la honte que j'en conçus.
Je résolus , s'il m'étoit possible, d'abandonner ce dangereux train de vie à l'avenir ;
& j'étois encore plongé dans ces réflexions,
quand Prim entra dans ma chambre, pâle,
défait , & avec une contenance qui annonçoit le trouble de son ame : étonné de le
voir en cet état, je lui demandai promptement ce qui l'amenoit, & de quoi il étoit
question. Hélas, Joseph, me répondit-il,
je suis un homme ruiné à jamais. Vous vous
ressouvenez que je devois vous aller join-

dre la nuit derniere ; ce diable de Prig m'a
entraîné avec lui au jeu de hazard, où j'ai
perdu plus de cinquante guinées qui apar-
tenoient presque toutes à mon maître. Il
me les a redemandées ce matin ; ne trouvant point d'excuse, j'ai été obligé de déclarer la vérité. On a envoyé chercher mon
pere ; & le résultat est, qu'on m'envoie en
mer pour expier mes fautes. Je m'en retourne au logis, & je n'aurai peut-être pas
le tems de vous voir davantage avant mon
départ. Que le Ciel vous favorise, mon
ami, que mon sort malheureux vous serve
d'exemple ; quittez cette façon de vivre
extravagante, qui ne peut manquer d'avoir
les suites les plus lamentables. En finissant
ces mots, il répandit un torrent de larmes.
J'avois le cœur trop plein pour pouvoir lui
répondre. Nous nous embrassâmes & nous-
nous dîmes adieu, vraisemblablement pour
toujours. Le malheur de ce jeune homme
augmenta mon chagrin ; car à l'exception
de quelques folies dont il étoit coupable,
il avoit toute sorte de bonnes qualités. Je
pris part sincérement à sa peine, & je me
fortifiai dans les résolutions que j'avois for-
mées de me corriger.

Pendant une semaine, après cet accident, je vécus d'une maniere assez réglée,
sans sortir de la maison. Mon ami enchanté
de cette aparence de réforme, ne se sen-
toit pas de joie, & cherchoit à m'obliger
en toutes choses ; mais je découvris bientôt
que mon dernier amour avoit laissé dans
mon

mon fang un poifon caché, qui commençoit à fe manifefter par des fymptômes
effrayans. Je fus trouver un Chirurgien qui
m'annonça qu'il falloit me réfoudre aux
grands remédes, fi je voulois guérir parfaitement. Cette décifion m'allarma beaucoup ; je me maudis moi-même, & celle
qui étoit caufe de mes malheurs. J'étois
prefque fur le point de me détruire moi-
même, ne pouvant imaginer de moyens
de dérober au public la connoiffance de
cette affreufe maladie, qui devoit me jetter
dans la derniere difgrace, & me ruiner de
réputation ; mais heureufement la Providence me favorifa, & mit dans la tête de
mon ami de me propofer un voyage de
huit jours à la campagne, pour rétablir ma
fanté, qui étoit vifiblement altérée, quoiqu'il fût fort éloigné d'en deviner la caufe.
J'acceptai cette propofition avec plaifir, &
je réfolus d'employer ce tems à ma guérifon. En effet, ayant mis le cheval, qu'il
m'avoit prêté, dans une auberge, je pris
un logement à Hoxton, & j'allai chez un
chirurgien, qui me fournit une auberge &
tout ce qui m'étoit néceffaire. Malgré le
trouble continuel de mon ame, la guérifon
alla bon train. Au bout de trois femaines
je me trouvai tout-à-fait guéri ; mais fi
foible que j'avois à peine la force de me
mouvoir. Il m'auroit fallu encore quelque
tems pour réparer mes forces ; mais mon
argent étoit à fa fin, & je ne pouvois pas
m'en procurer d'autre fans hazarder d'être

I. Partie.   I

découvert ; en un mot, je me vis réduit à
la plus grande mifere ; tout ce que j'avois
de meubles de quelque valeur avoient été
mis en gage les uns après les autres, je
finis par ma montre, fur laquelle j'empruntai deux guinées ; & ayant repris affez de
force , quoiqu'encore pâle, je réfolus de
ne pas refter enfermé plus long-tems : ainfi
payant mon logement , il ne me refta plus
que cinq fchellings ; mais pour pouvoir faire
femblant de revenir de la campagne , il
falloit payer la dépenfe de mon cheval , &
je me trouvai tout-à-fait embarraffé pour
cela : enfin il me vint dans la tête que la
fortune me favoriferoit peut-être au jeu de
hazard à *Covent Garden* , où j'avois vu des
gens changer leurs fchellings en guinées.
La tentation étoit délicate , & j'y fuc-
combai.

Quand j'arrivai dans cette école de la
tromperie, je ne pus m'empêcher de jetter
les yeux de tous côtés pendant quelques
minutes , & de confidérer les gens qui en-
touroient les tables , *les uns pour tromper,*
les autres pour l'être, comme dit le poëte :
cette avidité empreffée , les grimaces &
contorfions des joueurs, les treffaillemens
de joie, & les mouvemens fubits de defef-
poir à chaque revers de fortune : tout cela
me fit entrevoir les effets pernicieux de ce
vice pour l'ame & pour le corps : ici on
voit un homme faifant fonner l'argent qu'il
avoit gagné, & danfant le long de la falle
dans les accès de fon délire ; mais quel re-

vers ! en un tour de main, il perd jufqu'au dernier fchelling, il jette les dés dans le feu, frappe du pied, maudit fon extravagance, & jure comme un forcené ; on n'entend de tous côtés que des blafphêmes & des exécrations à faire horreur ; il régne dans la falle un tumulte & un bourdonnement perpétuel ; l'envie, la haine, la méchanceté, la vengeance, & toutes les paffions ennemies de la fociété s'y montrent avec toute leur difformité. Je fus affez heureux pour gagner trois ou quatre guinées à la table à l'argent ; non content de ce profit, je paffai à la table à l'or, où dans un clin d'œil je reperdis tout jufqu'au dernier fchelling : j'étois défefpéré, & je portai l'imprudence jufqu'à retourner à la table à l'argent, où je pariai cinq fchellings contre quatre, quoique je n'euffe pas un liard dans ma poche, comptant abfolument fur la fortune ; mais je fus bien trompé, & n'ayant pas de quoi payer ce que j'avois perdu, deux ou trois hommes me faifirent malgré toutes mes excufes, & m'ayant traîné jufqu'à l'efcalier, de l'avis de tous les autres, ils me jetterent en bas des degrés, & les domeftiques me mirent à la porte : je ne me fis point de mal dans ma chute ; ainfi je jugeai à propos de me retirer quoiqu'extrêmement mortifié. Je ne fçavois plus où donner de la tête : comptant trouver quelqu'un de ma connoiffance, je m'en fus à Tom King's, le fpectacle y étoit bien différent ; ici dans un coin deux ou trois

yvrognes ronfloient ; là une bande de libertins tenant des difcours lafcifs , étoient
au milieu d'une demi-douzaine de femmes
perdues ; d'autres de l'un & de l'autre fexe
partageoient leur argent après avoir joué ;
on entendoit des difputes & des querelles
dans un coin , des juremens & des malé-
dictions dans un autre ; d'un côté deux
hommes fe battoient à coups de poings en
prefence d'une malheureufe , deftinée à
être le partage du vainqueur ; d'un autre
côté on voyoit deux ou trois harpies , ani-
mées par la jaloufie , s'arracher les cœffes
& les cheveux. Je fus quelque tems fans
apercevoir perfonne de ma connoiffance ;
enfin je découvris Prig yvre comme une
foupe , donnant audience à une troupe de
harangeres & de porte-faix qui lui deman-
doient des moyens de tirer quelques miférables des mains de la Juftice. Il fut charmé
de me voir ; alors , profitant de fa bonne
humeur dans le vin , je lui empruntai trois
piéces , & fans lui dire adieu , je courus à
l'auberge où étoit mon cheval , & je me
couchai après la journée la plus fatigante ,
la plus malheureufe , & la plus défagréable
que j'aie paffé de ma vie.

Le lendemain matin je fis un tour dans
les villages voifins , & je revins à Londres
comme un homme qui a fait un voyage.
Quoique mon féjour eût été fort long , je
fus reçu de mon jeune Maître avec les plus
grands témoignages d'amitié.

CHAPITRE XIV.

Packer vole son maître & est chassé. Il découvre à M. Diaper les pratiques de Thompson. Conduite généreuse du jeune Diaper. Il le délivre des mains des voleurs. Bravoure de Prig. Il est fort caressé par son maître & sa maîtresse.

SI-tôt après que je fus au logis, il survint une affaire qui donna beaucoup de chagrin & d'inquiétude à mon maître. Packer, notre garçon de boutique, avec qui je n'avois eu que peu de liaison depuis la découverte de ses mauvais procédés ; & qui de son côté s'étoit conduit avec moi très-civilement, mais pourtant avec beaucoup de réserve, avoit été fréquemment employé pendant mon absence à recevoir l'argent de nos pratiques de la ville, ce qui étoit ordinairement mon emploi. Le lendemain de mon arrivée je fus envoyé chez un marchand en détail pour recevoir une somme d'argent qui étoit échue, & qui montoit à vingt-huit livres sterling : on me dit que M. Packer l'avoit été recevoir huit jours auparavant. Je n'eus aucun soupçon de ce qui étoit arrivé ; je m'imaginai seulement qu'il avoit oublié de décharger le livre, ce qui m'avoit fait croire que cet argent étoit encore dû. Je revins aux logis, & je reprochai à Packer

I 3

fa négligence : il m'en parut piqué ; il s'en alla auffi-tôt, & porta la fomme fur l'article du crédit de fon compte. Pendant le dîner, je donnai avis à mon ami de ce que j'avois fait, & entr'autres chofes, je lui parlai de l'erreur que j'avois trouvée, efpérant que le particulier n'en feroit point inquiété pour cela. M. Diaper me parut furpris, & me protefta que Packer n'avoit point porté cet argent en compte. Il dînoit rarement avec nous, parce qu'on lui donnoit la liberté d'aller chez une de fes fœurs qui demeuroit dans le voifinage ; c'eft pourquoi nous épluchâmes cette matiere un peu plus à fond, & nous nous rapellâmes que depuis quelque tems il avoit été fort trifte, & pour ainfi dire hors de lui-même. Il me vint tout d'un coup dans l'idée, qu'il n'avoit pas de bons defleins, & j'avois plus lieu de le foupçonner que perfonne : cependant je ne voulus pas fortifier les inquiétudes de M. Diaper ; je lui propofai d'aller chez toutes les pratiques de la ville, & de voir fi on ne trouveroit pas quelqu'autre preuve d'infidélité; mon ami y confentit, & je me mis en devoir de faire cette démarche le jour même. Tout bien examiné nous trouvâmes qu'il avoit reçu en tout foixante-huit livres fterling plus qu'il n'en avoit paffé en compte ; cela caufa à mon jeune maître bien de la peine, & à moi beaucoup d'embarras ; car d'un côté, j'aimois trop M. Diaper & fa famille pour n'être pas fenfible à une pareille découverte

le ; d'un autre, je craignois que quand les
chofes feroient pouffées à l'extrêmité ,
Packer ne fût affez malhonnête homme
pour déclarer ce qu'il fçavoit de ma conduite, ce qui m'auroit dû faire tort dans
leur efprit. Mon ami réfolut de partir le
foir même, quoiqu'il fut bien tard, pour
déclarer le tout à fon pere, & me pria de
vivre avec Packer, comme de coutume,
fans témoigner avoir aucune connoiffance
de ce qu'il alloit faire fi tard. Imaginez-
vous l'étonnement de mon maître, quand
fon fils lui découvrit la friponnerie de Packer ; il eut peine à l'en croire ; & fi on
ne lui eut pas fourni les preuves les plus
convainquantes , il eût regardé cette ac-
cufation comme un menfonge, tant Packer avoit pris d'afcendant [fur lui par fon
affectation de piété & de fobriété. Quand
il fut pleinement perfuadé, il partit pour
fe rendre à la ville , où il arriva fur les
huit heures du matin, au grand étonnement de la maifon : le pauvre Packer en
fut fi confterné, que fon état me fit pitié
malgré les raifons que j'avois de le dé-
tefter. Une heure ou deux après fon arrivée il le fit apeller ; nous n'avons pas pu
fçavoir ce qui fe paffa dans cette entrevue,
il fut congédié de fon pofte ; mais d'une
maniere circonfpecte, afin de ne point le
jetter dans le défefpoir. Je vis bien les
larmes couler de fes yeux ; je craignis
que fi je lui en parlois, il ne prît la chofe
comme une infulte ; ainfi je me retirai

I 4

jufqu'à ce qu'il fût parti. Mon maître nous apella alors, fon fils & moi, & nous parla ainfi. Je fuis bien fâché pour ce pauvre miférable. Certaines habitudes malheureufes qu'il a contractées, l'ont porté à trahir ainfi ma confiance : j'efpére que ma douceur & les avis que je lui ai donnés empêcheront fa ruine totale. Ce qui me furprend, mon ami, dit-il, en s'adreffant à moi, c'eft qu'il m'a fait entendre que vous vous écartez des excellens principes que vous avez reçus chez votre pere, & même que vous avez négligé le foin de mes affaires. A la vérité, je penfe que la part que vous avez eue à la découverte de fa friponnerie, a bien pu déterminer ce malheureux à vous accufer. Vous pouvez compter M. que c'eft cela même, dit mon ami; car M. Thompfon eft fi fouvent avec moi, qu'il n'eft pas poffible qu'il arrivât rien de femblable, fans que je le fçuffe, & que j'y euffe part. C'eft auffi la raifon, me dit ce digne maître, qui fait que je n'en ai rien cru, & que je n'en croirai rien à votre préjudice. Allez, jeune homme, méritez mon eftime & ne vous écartez point des regles de la vertu & de la prudence, elles vous feront chérir de tous les gens de bien, & établiront dans votre cœur une paix qu'aucun accident à l'avenir ne pourra ébranler. Enfuite il nous donna des avis excellens : & après nous avoir expédié des ordres relatifs à fon commerce, il reprit le chemin de fa campagne. Quand il fut parti,

Je pris mon généreux ami dans mes bras ; j'étois si enchanté des preuves qu'il venoit de me donner de sa bonté & de son affection que je répandis des larmes de pure reconnoissance. Il reçut mes remercimens avec quelque peine, & m'assura que rien ne pourroit jamais détruire son amitié pour moi, & qu'il espéroit qu'avec le tems, cette amitié m'aideroit à quitter tout-à-fait mes sociétés, qui ne pouvoient manquer de me faire tort.

Je mis alors plus de circonspection dans ma conduite ; je me rendis régulierement aux heures, & je trouvai de jour en jour plus de goût dans la société de mon ami, qui de son côté faisoit & disoit tout ce qu'il pouvoit pour m'engager à mettre ma confiance en lui, & à lui déclarer ma situation. La reconnoissance, ce principe si puissant dans un cœur vertueux, me rendit exact à mes devoirs : rien n'a jamais pu me faire perdre cette aimable qualité ; elle dirigeoit toujours mes actions, même lorsqu'elle étoit un peu obscurcie dans le tems de mes égaremens. Ce même principe me fit saisir la premiere occasion pour aller trouver Prig, qui tenoit alors des chambres à *New-Inn*, afin de m'acquitter avec lui : il s'en étoit ressouvenu le lendemain matin. Ainsi en comptant ensemble, je me retrouvai son débiteur de trente schellings ; que je lui payai. Il me pressa d'aller avec lui à Chelsea, en partie de plaisir, où il devoit se trouver deux autres de ses amis.

Nous y paffâmes la foirée fort gaiement,
& ne partîmes qu'à près de minuit pour
revenir à Londres : nous converfions enfemble tout en marchant, lorfque nous
entendîmes à quelque diftance de nous,
donner plufieurs coups , accompagnés de
fermens & de juremens ; & une voix que
je crus connoître qui crioit au fecours. Nos
deux amis concluant auffi-tôt que c'étoit
apparemment quelqu'un attaqué par des
voleurs, s'écrierent que ce feroit bientôt
notre tour, & auffi-tôt prirent la fuite ;
mais encourageant Prig , je lui dis que
j'étois réfolu de fçavoir ce que c'étoit. Il
m'y accompagna ; car fon défaut n'étoit
pas de manquer de courage. Ce qui me
rendit fi téméraire, fût le fon de voix que
j'entendois de tems en tems ; quelque peu
d'apparence qu'il y eût , je ne pouvois m'ô-
ter de l'efprit que ce fût celle de mon ami
Diaper. J'étois armé d'un gros bâton de
bois de chêne, & Prig avoit une épée :
comme il ne fçavoit pas s'en fervir fi bien
que moi, je la pris, & lui donnai mon bâton. Nous fûmes quelque tems à arriver à
l'endroit d'où partoit le bruit ; le tems étoit
fort obfcur, & nous ne pûmes le découvrir
autrement que par une voix qui cria : Qui
êtes-vous ? Amis, répondis-je , qu'eft-ce
qu'il y a ? Pour réponfe on me tira un
coup de piftolet qui fit long feu. La lumiere
me fit apercevoir trois coquins : j'allongeai
un grand coup au premier, qui jetta un
cri : j'eus de la peine à retirer mon épée,

& je fentis qu'elle étoit humide. Prig donna
& reçut plufieurs coups de bâtons, après
quoi nos adverfaires jugerent à propos de
s'enfuir. Nous ne crûmes pas devoir les pourfuivre ; mais nous demandâmes s'il y avoit
quelqu'un qui eût été maltraité par ces coquins ? Perfonne ne répondit ; mais en allant
à tâtons, je trébuchai fur un homme que
nous crûmes affaffiné ; & nous allions retourner à la ville chercher du fecours, en
cas qu'il lui reftât encore quelque figne de
vie, lorfque nous entendîmes un ou deux
cris entrecoupés, comme d'une perfonne
qui étouffe. Nous nous déterminâmes alors
à le porter entre nous deux, plutôt que de
différer à le fecourir jufqu'à notre retour,
d'autant plus qu'il n'y avoit pas loin à aller.
Effectivement, en moins d'une demi-heure, nous le portâmes dans un cabaret. Mais
quelle fut ma douleur, lorfqu'à la lumiere,
je reconnus mon cher ami M. Diaper, le
vifage baigné de fon fang ; je le confiai aux
foins de Prig, de l'hôte & de l'hôteffe, &
je courus avec toute la vîteffe poffible chercher un Chirurgien ; heureufement j'en
trouvai un ; & lorfque je l'eus amené, j'eus
le plaifir de voir que mon ami avoit repris
fes fens. Il jetta les yeux fur nous, & me
tendit la main que j'arrofai de mes larmes ;
mais il ne pouvoit pas parler. Le Chirurgien vifita fes bleffures, & n'en trouva aucune de dangereufe. Il avoit perdu beaucoup de fang de la tête, où il avoit reçu en
plufieurs endroits des coups de fabre, mais

obliquement ; il avoit outre cela plufieurs
contufions fur les épaules, la poitrine & les
côtes. Nous demandâmes s'il étoit en état
d'être tranfporté chez lui. Le Chirurgien
n'y trouva point d'inconvénient ; & M.
Diaper nous en ayant prié, (car il avoit
alors recouvré la parole,) nous emprun-
tâmes une chaife chez un Lord du voifinage, & l'amenâmes à bon port chez lui,
où nous lui fervîmes d'efcorte, Prig, moi,
& deux ou trois hommes que nous avions
pris avec nous. Ses bleffures avoient été
panfées à Chelfea ; ainfi nous le mîmes tout
en arrivant dans un lit bien chaud, ce qui
joint au mouvement de la chaife, lui rendit
bientôt l'ufage entier de fes fens. Il eft impoffible de décrire les remerciemens qu'il
nous fit du fecours que nous lui avions
donné, & les amitiés qu'il me fit en particulier. Je regardai cet événement comme
la chofe la plus heureufe qui pût m'arriver.
Il n'étoit pas douteux que ces voleurs n'euffent eu deffein de le tuer, irrités de la vi-
goureufe réfiftance qu'il avoit faite, jufqu'à
ce qu'il fût accablé par le nombre, parce
qu'il avoit beaucoup d'argent fur lui. Il
s'étoit avifé ce foir-là d'aller à Chelfea chez
un de fes débiteurs qui l'avoit retenu à fouper à force de follicitations, après lui avoir
donné une bonne fomme d'argent. Il ne
fut pas poffible de cacher cet accident à fon
pere & à fa mere, qui, au défefpoir de
cette fâcheufe nouvelle, accoururent auffi-
tôt à la ville. Quand ils aprirent les moyens

furprenans dont la Providence s'étoit fervi pour le délivrer, ils furent remplis d'admiration ; ils m'embrafferent, & mon maître me dit que cette circonftance ajoutoit tant à fon eftime, qu'il ne m'aimoit guere moins que fon propre fils que je lui avois confervé fi bravement & fi généreufement. Leur reconnoiffance pour Prig fut fans bornes, ce qui me fit bien du plaifir ; & je conçus plus d'eftime pour lui que jamais, à caufe du fervice qu'il avoit rendu à cette digne famille.

Le lendemain ce vol fut mis dans la gazette, & on y dit qu'un homme avoit été trouvé mort fur le carreau d'un coup mortel fait par le tranchant d'une épée. Sur quoi mon maître & Prig allerent voir s'ils pourroient découvrir quelque chofe de plus, mais ils revinrent fans autre connoiffance, fi ce n'eft que cet homme devoit être celui à qui j'avois donné un coup d'épée. Mon ami n'avoit perdu que cinq guinées & quelque monnoie en argent qu'il avoit dans fon gouffet du côté gauche ; nous étions arrivés à propos pour fauver l'argent qu'il avoit reçu, & qui montoit à près de cent cinquante livres fterlings. Je reftai prefque continuellement avec lui ; & fon amitié en augmenta à tel point, qu'il n'étoit pas content quand il me fentoit éloigné de lui.

CHAPITRE XV.

Difcours entre le jeune Diaper & lui. Ils font fubtilifés par des filous. Il emprunte de l'argent. Spéculifte le traite fort mal. Découverte qui le furprend fort.

AUffi-tôt que mon ami fut rétabli, fon pere qui avoit envie de lui procurer un peu de repos & d'amufement, refta quelque tems à la ville, & nous permit de prendre enfemble des plaifirs innocens. Nous faifions fréquemment des parties de promenades à la campagne à pied, fans fuivre aucun chemin déterminé, tantôt d'un côté, tantôt d'un autre ; & nous admirions avec plaifir les dons que la nature avoit répandus dans les champs & les prairies avec une main libérale. Ce fut dans une de ces promenades, que j'ouvris mon cœur à cet excellent ami, & que je lui fis le détail de toutes mes folies, depuis le premier de mes écarts jufqu'alors : il m'aida à faire des réflexions utiles fur la fottife & les fuites funeftes d'une vie fi irréguliere. Mon cher Jofeph, me dit-il un jour, n'en foyez pas furpris ; je fçavois la plupart de ces aventures, il y a déjà long-tems ; mais je n'ai pas voulu vous en faire des reproches, dans l'efpoir que tôt ou tard votre bon fens reprendroit le deffus, au lieu que fi on vous eût fait des réprimandes, votre dérangement en auroit peut-

être. acquis de nouvelles forces. Packer a
été affez coquin pour raconter votre commerce avec Nanny avec les couleurs les
plus fortes, fans dire un feul mot de lui-
même, mais comme une découverte qu'il
avoit faite. En méprifant fes difcours méchans (car je les prenois pour tels) je n'ai
pas laiffé que d'être allarmé de votre fituation : à l'égard des autres irrégularités de
votre conduite, je les ai devinées par votre façon d'agir, par le foin que vous
preniez de fuir ma compagnie, & par votre air embarraffé, mais fur-tout les focié-
tés que vous voyez, m'ont fait aifément juger de l'emploi de votre tems, & de la
nature de vos divertiffemens. Parlez-moi
fincerement, mon ami, votre généreux caractere n'étoit-il pas révolté d'un genre de
vie fi contraire à votre façon de penfer naturelle, & d'être obligé de cacher vos dé-
marches, & d'agir toujours d'une maniere
envelopée ? pour moi je fuis étonné, quand
je fonge à vos embarras & aux entorfes
qu'il vous a fallu donner à la vérité, pour
fauver les aparences. Ces efforts prouvent
bien que vous vous fentiez vous-même
dans le mauvais chemin, & que vous re-
nonciez jufqu'à ces bienféances extérieu-
res, que les plus libertins cherchent à obferver pour eux-mêmes, & pour éviter la
cenfure publique. Monfieur, lui répondis-
je, vous jugez à merveille de ma fituation :
on ne peut rien concevoir de plus miférá-
ble ; mes apetits déréglés anéantiffoient ma

raiſon ; l'habitude de chercher les faux plaiſirs , m'avoit enſorcellé à tel point , que je n'étois pas capable d'un inſtant de réflexion. Malheureux celui qui portant avec lui la pleine conviction de ce qui eſt bon & juſte, péche malgré cette connoiſſance, & la pente de ſa diſpoſition naturelle ! Je voyois bien qu'en tout ce que je faiſois je m'égarois ; mais la paſſion étoit ſi forte en moi , & les deſirs ſi puiſſans , qu'il ne m'étoit pas poſſible d'arrêter le cours du torrent où le vice m'entraînoit. Hélas ! cher ami, vous ne connoiſſez pas l'enfer qu'un libertin traîne avec lui : même dans le tems qu'il forme le projet d'abandonner le vice, il s'y enfonce à chaque inſtant de plus en plus. J'aurois ſouvent abjuré toutes mes extravagances, lorſque je ſentois les malheurs & les mauvaiſes affaires où elles me plongeoient , ſi un certain orgueil ne s'y étoit opoſé. Non, m'écriois-je , ſi je retourne à la vertu , tourmenté par un pareil chagrin, quel mérite aurai-je ? c'eſt pour l'amour d'elle-même qu'il faut l'embraſſer, & non pour faire ceſſer les maux que ſon ennemi m'a cauſés : je dois donner tout l'honneur d'une telle conquête à la force de ſes charmes purs & naturels , ſans y être pouſſé par le chagrin , la douleur & les maux que j'ai éprouvés pour avoir violé ſes préceptes.

En raiſonnant ainſi , nous rentrâmes dans la ville , & mîmes fin à notre converſation. Nous paſſions le long d'*Old-Street* , lorſqu'une

lorfqu'une querelle de deux ou trois hommes fort bien mis attira notre attention : l'un
d'eux avoit l'air d'un bon Commerçant à
fon aife ; & une contenance grave & po-
fée ; il paroiffoit nous regarder avec beaucoup d'attention , & jettoit les yeux fur
nous de tems en tems avec un certain air
de connoiffance : fes adverfaires le quitterent avant que nous puffions aprendre le
fujet de la difpute , & s'en allerent dans
un cabaret du voifinage , tandis qu'il nous
adreffa ces mots avec une indignation très-
forte en aparence. Meffieurs , dit-il , vous
êtes des gens d'honneur ; je vous connois,
M. Diaper , & j'ai beaucoup d'amitié pour
votre pere. Ces coquins ; car je ne fçaurois les apeller autrement, m'ont fait jouer
aux cartes avec eux , & m'ont filouté fept ou
huit guinées. Je fuis fûr qu'ils ne les-ont pas
gagnées légitimement : je ne fçais où j'a-
vois mis mon efprit pour m'amufer avec
ces gens-là ; l'hôte de la maifon ne veut
pas aller chercher un Connétable , fans quoi
je verrois leur friponnerie à fond , & je
les ferois punir , quand ce ne feroit que
pour le bien de ceux que le hazard fera
tomber à l'avenir entre leurs mains. Je crois
que ces fortes de gens-là fourmillent dans
tous les quartiers de la ville. Oferois-je vous
propofer , Meffieurs , dit-il à demi bas , d'aller avec eux , & de les amufer jufqu'à ce
que je revienne avec l'Officier. Voilà-un
couple de guinées ; prenez-les , Meffieurs ;
& fi par hazard vous en perdez davantage

I. Partie.   K

pour les retenir, je vous les rendrai à mon
retour : j'ai envie d'acheter le bien du public à mes dépens. Il nous en preſſa ſi
fort, que nous ne pumes pas le refuſer :
d'ailleurs nous n'étions pas fâchés de voir
les ſubtilités de ces drôles, dont nous entendions raconter tous les jours différens
tours. Nous entrâmes dans la maiſon, en
le priant de ne point tarder, parce que
notre tems étoit précieux. Nous les trouvâmes occupés à railler notre homme dans
les termes les plus amers : l'un diſoit que
c'étoit un Miniſtre Presbytérien. Non, dit
un autre ; c'eſt un marchand d'huile de
Cheapſide, mais qui eſt fort riche. Qu'il ſoit
ce qu'il voudra, dit un troiſieme, il mé-
riteroit d'être puni, pour accuſer des gens
qui ont autant de probité que lui ; & alors
il nous fit le détail des jeux qu'ils avoient
joués avec lui : après quoi ils dirent tous
qu'ils vouloient s'en aller. Que voulez-
vous faire, M. Bishop, dit l'un d'eux, il
n'eſt pas encore tard ; jouons quelques parties. Eh bien, Meſſieurs, voulez-vous en
être ? Nous y conſentîmes, & le ſort nous
mit enſemble M. Diaper & moi. Nous
jouâmes trois ou quatre parties que nous
gagnâmes ; ils en parurent piqués : enfin la
chance tourna peu à peu, & nous perdîmes non-ſeulement les deux guinées du
bon homme, mais deux de plus. Nous en
fûmes ſi fâchés, que nous demandâmes
notre revanche, & nous perdîmes encore
une guinée & demie. Alors l'un d'eux ſe

levant, prétexta une affaire qu'il avoit ou-
bliée, & dit qu'il ne resteroit pas long-
tems, & que dàns une demie heure il
seroit de retour : cependant il fut plus d'une
heure. Le vieux Monsieur ne revenoit pas
non plus, nous commencions à nous im-
patienter : ce fut encore bien pis, quand
malgré nos instances nous les vîmes défi-
ler les uns après les autres. L'hôte nous
acostant alors, nous demanda si nous con-
noissions les gens à qui nous avions eu
affaire ? Nous lui répondîmes qu'oui, &
lui racontâmes ce qui nous avoit fait amu-
ser avec eux. Il ne put s'empêcher de faire un
grand éclat de rire, & nous dit que ce grave
personnage étoit de leur bande, & que sans
doute il avoit imaginé ce tour, pour nous
attirer. Cette nouvelle nous irrita tellement, que nous étions prêts à tomber sur
l'hôte, pour ne pas nous avoir avertis.
Hélas, Messieurs, dit-il, si ces gens-là
sçavoient que j'eusse donné de pareils avis,
à coup sûr je serois assassiné, ce sont les
plus impudens coquins du monde, & les
plus déterminés. Il n'y avoit point de remede : nous nous en retournâmes bien fâchés, & cependant nous ne pûmes pas nous
empêcher de rire du tour qu'ils nous avoient
joué. On ne sçauroit être trop en garde
contre les connoissances subites, & sur-
tout de la maniere dont va le monde : car
ces gens-là se font un systême de connoître un chacun, témoin le prétexte que prit
cet homme de connoître M. Diaper : ce

fut-là ce qui nous trompa ; la querelle n'é-
toit qu'un moyen pour attirer quelqu'un dans
leurs filets, & en nous voyant, il trouva
fur le champ cet expédient. De retour au
logis, nous racontâmes notre aventure à
M. Diaper, qui en rit beaucoup : il en prit
occafion de nous donner des avis, pour
pour nous précautionner contre les rufes &
tromperies qui fe pratiquent tous les jours
dans cette ville.

Entiérement dégoûté de mon ancien
genre de vie, je m'apliquai férieufement
aux affaires : je ne fortois plus que rarement, & de tems en tems, pour aller
voir Spéculifte & Prig, avec qui j'entrete-
nois toujours connoiffance ; mais j'étois
continuellement accablé de créanciers : mes
dernieres folies avoient épuifé tout ce que
M. Deacon avoit pour moi entre fes mains :
je l'avois auffi tellement indifpofé contre
moi, en négligeant de lui rendre des vifites, que je n'ofois plus lui demander de
m'avancer de l'argent avant l'échéance. Le
cordonnier, le tailleur, & jufqu'à mon
décroteur, me perfécutoient ; ainfi je fus
obligé de leur donner parole de les payer
dans tel tems, fans être en état de remplir
mes engagemens ; & comme ils croyoient
que je ne manquois jamais d'argent, ils
interpréterent cette façon d'agir à mon de-
favantage. Je devois être au moins fix
mois avant que de rien recevoir de ma
penfion, & je ne voulois pas expofer mes
befoins à mon ami. Je ne fçavois plus que

faire pour me délivrer de ces importuni-
tés , & je fus obligé d'emprunter à plufieurs reprifes de Speculifte & de Prig ;
qui commencerent à s'en trouver incommodés. J'avois encore emprunté de l'argent à d'autres perfonnes de ma connoiffance ; ainfi je n'ofois prefque plus me
montrer. Dans cet embarras, j'allai trouver Spéculifte , fur l'amitié de qui j'avois
toujours compté : je fçavois qu'il avoit reçu
de l'argent ; je lui expofai mes embarras ,
& le priai de me prêter de quoi fatisfaire
aux autres créanciers , en lui donnant une
lettre pour tirer une année de penfion fur
M. Deacon , fi-tôt qu'elle feroit échue.
Mais quel fut mon étonnement , lorfqu'il
me fit la réponfe fuivante : M. Thompfon ,
je ne me foucie pas de vous prêter davantage : je ne conçois pas l'ufage que vous
faites de votre argent ; pour moi je n'en
ai que ce qu'il m'en faut pour mes befoins ;
je ne fçaurois plus vous en prêter , & même je vous remercie de votre fociété. J'ai
déjà été blâmé affez de fois pour m'être
amufé avec des jeunes gens qui ne font
pas en âge ; & j'ai perdu de l'argent avec
ce coquin de Prim , qui eft maintenant
écrivain dans un vaiffeau de la Compagnie
des Indes Orientales ; je ne crois pas qu'il
ait jamais l'honnêteté de me rendre ce qu'il
me doit. Je vous confeille de vous adreffer
à vos parens. Je l'interrompis à cet endroit
de fon difcours, pour lui dire que j'étois
fâché de l'avoir mis dans le cas de me

faire ces reproches, quoique j'étois bien
aise d'aprendre par-là à le connoître : que
ce procédé étoit plus capable de me dégoûter des écarts où il m'avoit plongé, &
qu'il avoit partagés avec moi, que toute
l'éloquence possible n'auroit pu faire. Je
lui rapellai cette bienveillance & cette
amitié universelle qu'il nous avoit toujours
prêchées ; quoique j'avois été un sot de lui
croire de la sincérité, puisque si je n'eusse
pas été tout-à-fait aveugle, j'aurois dû
m'apercevoir que toutes ses actions démen-
toient ses paroles. M. Spéculiste, ajoutai-
je, vous êtes fort en état de connoître la
beauté des procédés quand on en a pour
vous ; mais lorsqu'on vous en demande,
ou qu'il est question d'exiger de vous quelque chose qui demande des soins ou de la
dépense, c'est autre chose. En effet, que
pouvois-je attendre d'une amitié, qui n'é-
toit fondée que sur une société de vice &
une liaison de plaisirs ? Cette juste récri-
mination lui ferma la bouche, & je vis
sur son visage, en le quittant, tous les
simptomes de la fureur. Il faut avouer que
je fus piqué au vif de l'insolence de cet
homme, & de la maniere indigne dont il
parloit du pauvre Prim, qui, soit dit en
passant, ne lui devoit que fort peu de chose, & me l'avoit dépeint avec les couleurs qui lui convenoient. Je résolus d'é-
viter à l'avenir de pareilles sociétés ; & je
m'en retournois au logis, enséveli dans
mes méditations, lorsqu'un tumulte m'ar-

rêta au coin d'une rue. Je fçus que c'étoit
une femme qui avoit été prife en filou-
tant, & qu'on avoit livrée à la populace
pour la punir. Elle étoit proprement ha-
billée, & paroiffoit faifie de la plus grande
frayeur ; mais je n'eus pas plutôt jetté les
yeux fur elle, que je la reconnus pour cette
Miftriff Tripley, qui m'avoit joué un fi vilain
tour en revenant de Vauxhall. Mon reffentiment étoit paffé ; je la regardai comme un objet de pitié, & j'aurois bien voulu engager la populace à la mener chez le
Magiftrat ; mais on ne put pas trouver le
plaignant ; ce fut envain que je demandai
miféricorde pour elle ; on la traîna rudement dans la marre d'une auberge voifine, & enfuite on la chaffa fans pitié &
dans un état affreux. Je remarquai le chemin qu'elle prenoit, & je la fuivis pendant
près d'une demi-heure. Cette pauvre miférable s'en alla dans la campagne pour faire
fécher fes habits, & alors je l'apellai. Elle
fe retourna ; mais en m'apercevant elle
pouffa un grand cri, & fit tout ce qu'elle
put pour m'éviter. Je l'atteignis & je lui
dis pour la calmer, que je ne voulois lui
faire aucun mal. Vous auriez eu lieu de
craindre les fuites de mon reffentiment ;
mais je viens de vous voir punir pour un
autre crime ; je veux bien l'étouffer aujour-
d'hui, pourvu que vous me difiez où je
pourrai ravoir ma canne que j'eftimois beaucoup. Elle me remercia en pleurant & me
dit que fes complices avoient vendu ma

canne avec mes autres meubles , mais
qu'elle ne fçavoit pas à qui. Je lui reprefentai avec force fon miférable train de vie ,
& lui en fis entrevoir les fuites fatales ; elle
en parut touchée : alors lui donnant quelques piéces d'argent , j'allois la quitter ,
lorfqu'elle me pria de refter encore un moment , parce qu'elle avoit à me dire quelque chofe , dont je pourrois profiter. Le
coquin qui paffoit pour mon mari , & qui
vous vola le jour que nous étions enfemble
dans un caroffe , eft mort ; il a été tué
d'un coup d'épée par un homme qui vint
au fecours d'un autre qu'il avoit attaqué
dans la campagne auprès de Chelfea. Comment, lui dis-je , eft-il bien poffible ? Oui ,
Monfieur repliqua-t-elle , un peu émue de
mon étonnement ; je vous affure que c'é-
toit lui-même : j'ai été malheureufement
ruinée par ce méchant homme , qui , après
bien des malheurs & des infortunes , m'a
déterminée à entrer de moitié dans fes mauvaifes actions. Il étoit à Vauxhall dans le
tems de notre converfation , & le caroffe
que j'avois apellé , étoit conduit par un drôle
de la bande , qui fe prêtoit à nous aider
dans des entreprifes femblables à celle que
nous fîmes fur vous. Mais ce que j'ai à vous
dire , Monfieur , c'eft que la perfonne qui
fut volée à Chelfea , eft un gros marchand
de toiles de Londres , avec qui vous de-
meuriez alors : je m'en fuis aperçue , parce
que je vous ai vu enfemble à la porte de
fa boutique le foir même que le vol fut
commis ;

commis ; & je manquai alors l'occasion de
vous découvrir le complot ; car c'étoit un
dessein formé , & les voleurs avoient eu
avis que le jeune homme devoit aller à
Chelsea , par un homme qui s'est associé
depuis peu avec eux , & qui a été garçon
de boutique chez votre maître , & vous
en vouloit beaucoup à tous les trois, je ne
sçais pas pourquoi. Depuis hier matin , j'ai
été totalement abandonnée , & ce crime
dont vous m'avez vu punir, je ne l'ai commis
que faute d'avoir du pain. J'espere , M.
que votre bonté & votre générosité me remettra
dans le bon chemin ; & si le ciel
me fait la grace d'accepter mon repentir ,
je suis résolue de travailler sans relâche
pour vivre , plutôt que de m'exposer davantage
à la débauche & aux mauvaises
actions, comme j'ai fait jadis : alors elle
répandit un torrent de larmes , & me fit tant
de compassion, que je lui donnai une demi-guinée,
qui étoit tout ce que j'avois
sur moi , en lui conseillant de ne point
étouffer ces idées de retour vers le bien,
& lui promettant que si jamais je la revoyois
changée & laborieuse , je lui ferois du
bien.

Je ne pus m'empêcher d'adorer la Providence,
qui s'étoit servie de mon bras
pour exercer sa vengeance sur le coquin
qui m'avoit si maltraité. Je fus outré d'indignation
contre Packer , qui après avoir
reçu tant de bontés de M. Diaper , avoit
cherché à l'assassiner. Je me ressouvins qu'il

I. Partie. L

avoit connoiffance de l'argent qu'on nous
devoit à Chelfea, & que fi j'y euffe été,
on m'eût fait fans doute le même traitement
qu'on fit à mon ami. Tant d'exemples de
la baffeffe & de la corruption des hommes
me rendirent tout trifte ; & je m'en retournai au logis avec un air penfif, dont
mon ami s'aperçut , & dont je lui dis la
caufe. Il fut extrêmement inquiet des dé-
couvertes que je venois de faire ; & comme nous ne fçavions pas les autres tenta-
tives que Packer, qui connoiffoit les fecrets de la famille & la nature de notre
commerce , feroit en état d'effayer , nous
réfolûmes d'être à l'avenir bien circonfpects
fur tout ce que nous entreprendrions ; &
fur-tout de ne rien dire à mon maître de
crainte de l'inquiéter.

CHAPITRE XVI.

*Spéculifte va trouver M. Diaper, qui répri-
mande Thompfon. Il confeffe fes folies ,
en reçoit le pardon. Excellente conduite
de fon maître, qui lui permet d'aller avec
fon ami voir fon pere & fa mere. Leur
départ.*

JE jugeai qu'il m'étoit effentiel de rega-
gner la confiance & l'eftime de M. Déa-
con, pour me délivrer des vifites incom-
modes de mes créanciers. Pour cet effet
j'allai le voir plus fouvent ; & comme

c'étoit un homme d'un fens exquis , je tirai
beaucoup de fruit de fa converfation : j'étois
preque parvenu à effacer les mauvaifes idées
qu'il avoit prifes fur mon compte , quand ,
par malice ou par vanité , Spéculifte alla
dévoiler le malheureux état de mes affaires.
Il avoit eu peine à digérer la réponfe que
je lui avois faite en dernier lieu , & étoit
piqué au vif de ce que je m'étois éloigné
de fa fociété ; (car quoiqu'il eût dit ne
plus vouloir de ma compagnie , c'étoit un
air qu'il fe donnoit avec ceux de fes amis
fur qui il avoit de l'afcendant.) Il réfolut
donc de fe venger ; cet homme raifonnable & philofophe rendit à mon maître une
vifite , qui le furprit beaucoup (car c'étoit
la premiere) il ne lui en laiffa pas ignorer
long-tems le motif , & dit qu'il venoit par
pure compaffion pour M. Thompfon , l'a-
vertir que ce jeune homme fe dérangeoit ,
& qu'il voyoit des gens qui lui feroient
tort : enfuite il lui détailla toutes mes extravagances , le befoin dans lequel il me
fçavoit , & lui remit le mémoire de ce que je
lui devois , concluant par lui affurer que ce
n'étoit par bonne volonté pour moi qu'il faifoit cette démarche, perfuadé que M. Diaper
employeroit fon autorité pour me faire
quitter à l'avenir un pareil train de vie.
Le bon homme fut d'autant plus furpris
de ce difcours , qu'il m'avoit oui parler de
Speculifte comme d'un homme d'efprit
que je refpeƈtois beaucoup ; cependant il
entrevit fous ces aparences d'amitié le ref-

fentiment de fon cœur ; & fans s'émouvoir,
il lui demanda gravement combien je lui
devois : aprenant que ce n'étoit que douze
livres fterlings, il lui compta cette fomme,
en tira quittance, & le pria de fortir de
fa maifon ; ce que Spéculifte fit promptement, & avec une confufion qui n'augmenta pas peu quand il me rencontra nez
à nez au bas de l'efcalier. Il paffa vîte, en
m'ôtant fon chapeau, & me laiffa bien
furpris de le voir au logis, & faifant des
conjectures fur le fujet qui l'y avoit amené.

Le lendemain matin mon maître nous
fit dire, à mon ami & à moi, de monter dans fon apartement ; & après en avoir
fermé la porte, il nous adreffa ce difcours.
Mes chers enfans, car je ne puis m'empêcher de vous regarder tous les deux fur
le même pied, j'ai remarqué avec la plus
grande fatisfaction, l'étroite union qui regne
entre vous. Vos caracteres, vos actions,
le refpect que vous portez à mon époufe
& à moi, & l'intérêt que vous prenez à
ce qui me regarde dans le gouvernement
de mes affaires, m'ont charmé, & je m'eftime heureux en contemplant vos vertus.
Pour vous en particulier, M. Thompfon,
qui ne tenez à moi que par le foible lien
de l'obéiffance, je crois vous avoir donné
des preuves convainquantes, que je fuis
fort reconnoiffant de votre fidélité & de
votre attachement. Que penfez-vous donc
que je puiffe dire à un homme, qui, par
pure envie d'annoncer de mauvaifes nou-

velles, a tâché de me perfuader que vous
menez une conduite que je ne puis m'empêcher de blâmer ; que vous avez négligé
mes affaires, & que mon fils vous a fe-
condé ; que vous avez fréquenté des femmes perdues, & de mauvais garnemens,
qui n'ont d'autre occupation que de
s'abandonner au déréglement de leurs
imaginations, & à leurs paſſions dépravées?
Je l'ai traité avec tout le mépris qu'il mérite, parce que j'ai remarqué à travers fes
femblans d'amitié, qu'il n'agiſſoit que par
une animoſité que fon affectation de fin-
cerité n'a pu cacher : je n'aurois même
rien cru de ce qu'il difoit, s'il ne m'eût en
même-tems convaincu d'une chofe qui me
chagrine fort. Il dit que vous avez fait des
des folies & que vous êtes endetté ; &
pour preuve de cela, il m'a déclaré que
vous étiez fon débiteur. Bien loin de l'encourager à pourfuivre fon difcours, je l'ai
payé fur le champ. Voilà fa quittance ; vous
verrez par-là quel eſt l'auteur de ces méchancetés. En effet, fi vous en êtes réduit
là, comme il le dit, je ne puis guere me
difpenfer de croire tout le refte ; car je
fçais que votre pere vous fournit tout l'argent qui vous eſt néceſſaire, & même plus
que je ne voudrois en confier à un jeune
homme. Ne croyez pas que je fois en colere contre vous, mon enfant : tout ce
que je vous demande, c'eſt de me confier
votre embarras, afin que j'y remédie, &
que vous ne foyez point tenté de rien faire

L 3

d'indigne d'un homme que j'eftime , du
fils de mon meilleur ami. Je fçais qu'à
votre âge on eft tenté de tous côtés , &
j'ai toute l'indulgence poffible pour les foi-
bleffes humaines. Il s'arrêta à cet endroit.
Les larmes couloient le long de mes joues ,
& je fus quelque tems fans répondre ; enfin m'étant un peu remis , je le remerciai
de fes bontés ; je lui dis que je me croi-
rois indigne du pardon qu'il m'offroit , fi
je ne lui faifois l'aveu fincere de mes extravagances , que je ne les croyois pas cependant affez noires pour ne pas pouvoir
être effacées par un retour fincere ; & que
puifqu'il me marquoit tant de bonne volonté , je regardois cet aveu comme un
moyen de recouvrer mon innocence &
ma tranquillité. Alors je lui racontai en peu
de mots tous mes écarts , non fans rougir ,
& marquer des mouvemens de confufion ,
qui interrompoient fouvent mon recit.
Après quoi me jettant à fes pieds , & lui
baifant les mains , je m'écriai : Voilà , Monfieur , le recit fincere de mes crimes ; je
vous conjure de ne point me haïr , & d'a-
voir pitié de moi. J'efpere qu'il eft encore
tems d'abandonner des vices que je détefte
de tout mon cœur. J'ai déjà quitté ces
affemblées de débauche , & je fens le
plaifir le plus pur à mefure que je me ra-
proche de cet état de paix & de bonheur
dont je m'étois écarté. Ne me privez pas
de la fociété de mon cher ami , & de la
douceur de votre eftime. Je redoublerai

d'exactitude, pour réparer mes négligences. Votre bonté me donne mille remords inexprimables ; veuille le Ciel me mettre en état de la mériter tout le reste de ma vie! Je ne pus en dire davantage, un torrent de larmes me coupa la parole. Mon ami mêla ses prieres aux miennes , & dit tout ce qu'il crut propre à désarmer son pere. Il resta quelques momens à rêver ; à la fin il s'attendrit ; des larmes de pitié coulerent sur sa face vénérable , & m'ayant fait lever, il m'embrassa tendrement , prit son fils dans ses bras , & nous dit avec douceur qu'il pardonnoit tout. La violence de ma reconnoissance m'ôtoit l'usage des sens. Je ne pus lui répondre ; mais j'embrassai ses genoux. Il vit mon état, & nous laissa seuls. Que je me sentis à l'aise après avoir fait l'aveu de mes fautes , & en avoir reçu le pardon ! Mon ami me pressa dans son sein, & me félicita de mon nouvel état ; je lui rendis caresses pour caresses, & j'étois prêt à l'étouffer dans l'excès de ma reconnoissance. Mon maître revint un moment après, & me dit : Vous devez vous estimer heureux d'avoir été forcé de faire cet aveu , & de vous sentir débarrassé des peines que vous preniez pour cacher votre situation. Je me félicite de vous voir retourné à la vertu presque aussi-tôt que j'ai sçu vos égaremens. Demandez pardon à l'Auteur de votre être d'avoir si mal employé les talens qu'il vous a confiés. C'est lui seul que vous devez remercier de l'heu-

L 4

reux tour que prennent vos affaires ; priez-
le de vous soutenir dans la résolution d'agir
conformément à ses loix. Reprenez votre
gaieté ; tâchez de plaire & de rendre service à tous ceux à qui vous avez affaire. En
vous attachant sincérement à la religion &
à la vertu, vous serez heureux, & vous
comblerez de joie vos amis. Donnez-moi
le mémoire de vos dettes, je les paierai,
& plutôt que de chagriner votre pere, en
lui aprenant ce qui s'est passé, j'attendrai
que vous soyez en état de me rendre cet
argent. Ce poids est trop lourd pour une
ame généreuse, il faut vous en débarrasser,
afin que rien ne puisse désormais aporter
d'obstacle à votre bonheur. Mais comme
vous pourriez avoir fait quelque connoissance dont vous auriez peine à vous déta-
cher tout d'un coup, j'ai pensé à vous permettre de faire un voyage d'un mois ou
deux chez vos parens. Ma femme n'est plus
en état maintenant de suporter l'air de la
ville, mon fils pourra vous accompagner.
Il y a déjà long-tems que votre pere me
presse de le lui envoyer, il profitera de
cette occasion. Ainsi, Messieurs, finissez ce
que vous avez à faire : vous prendrez mes
chevaux, & vous partirez quand vous vou-
drez. Votre pere & votre mere desirent de
vous voir ; il est tems après quatre ans &
demi d'absence de leur donner cette con-
solation. Si j'ai besoin de vous plutôt, je
vous l'écrirai. En revenant, vous serez tout-
à-fait étranger aux gens que vous devez

éviter, & vous pourrez vous en tenir éloigné. Recevez cette petite marque d'amitié, pour fournir aux frais du voyage. A ces mots il nous mit à chacun dans la main un rouleau de vingt guinées, & me laiſſa dans l'admiration de toutes ſes bontés. Mon ami étoit enchanté de venir avec moi : de mon côté je n'avois jamais goûté un plus ſenſible plaiſir. Huit jours après nous mîmes, nos Livres en régle, & prenant congé de M. & Madame Diaper, qui me comblerent d'amitié auſſi-bien que leur fils, nous partîmes pour la province d'York.

CHAPITRE XVII.

Digreſſion ſur les beautés du payſage. Ils rencontrent une compagnie de connoiſſance : ſont reçus chez M. Bellair. Diaper devient amoureux de Miſſ Suſanne Bellair. Il la ſauve d'un grand danger. Sa paſſion eſt aprouvée par ſon frere. Il promet d'y paſſer à ſon retour. Continuation de leur voyage.

QU'il eſt agréable, de ſortir de la ville pour un homme continuellement enſeveli dans le tumulte & l'embarras des affaires ! La campagne réjouit l'ame, la rafraîchit, & porte dans les eſprits une nouvelle ſeve qui influe ſur la ſanté des corps. Ce fut pour nous, qui ſortions du bruit & de la confuſion du commerce, comme fi on nous eût foulagé d'un poids accablant, notre ame paroiffoit alors jouir d'elle-même, & paffant gaiement d'un objet à un autre, elle fatisfaifoit fa curiofité fans bornes, & n'en devenoit que plus capable d'une nouvelle aplication.

Avec quelle profufion le grand Auteur de la nature ne répand-il pas fes merveilles fur tout le monde vifible dans cette faifon de l'année ! L'œil eft enchanté du mélange émaillé de verd, d'azur & d'or; l'oreille eft charmée de la mufique harmonieufe des petits oifeaux perchés fur tous les buiffons ; & toute la nature femble annoncer avec tranfport les louanges du Créateur. Les arbres à fruits plient fous le poids des différentes productions de la faifon. La terre fertile fait fortir de fon fein fécond des épics jauniffans, qu'elle rend avec ufure ; les chevaux caracollent en henniffant dans la plaine ; les tendres agneaux bondiffent dans la prairie, & les laboureurs robuftes voient avec plaifir les richeffes qui leur viennent de tous côtés. Rien n'eft plus capable d'exciter dans le cœur la vénération due au grand Auteur de tout, que de voir tous les objets délicieux & furprenans, que fournit de toutes parts le fpectacle de la campagne ; & les cœurs reconnoiffans ne pèuvent s'empêcher, même fans y penfer, de fe répandre en louanges & en actions de graces.

Il ne nous arriva rien d'important dans les deux premiers jours de notre voyage;

nous jouiffions de la compagnie l'un de l'autre avec une fatisfaction inexprimable ; nos converfations qui rouloient fur diffé- rens fujets utiles charmoient la longueur du chemin. Comme nous avions tout le tems néceffaire , nous marchions à peti- tes journées pour fatisfaire notre curiofité fur tout ce qui méritoit d'être vu : & même nous nous écartions fouvent du grand che- min pour profiter de la beauté & des agré- mens du payfage. M. Diaper qui n'avoit pas fait un pareil voyage depuis long-tems , étoit enchanté des nouveaux plaifirs qu'il goûtoit ; & nous avions tous les deux un fond d'enjouement & de bonne humeur caufé par les plaifirs purs que nous éprou- vions.

Le troifieme jour de notre marche , vers midi , nous rencontrâmes une chaife à deux chevaux fuivie d'un domeftique affez nombreux , avec une livrée que je crus reconnoître. Mais quand nous fumes paffés, je me retournai pour regarder les perfonnes qui étoient dans la chaife ; je fus agréable- ment furpris d'apercevoir la même Dame & l'aimable homme dont la converfation m'avoit tant fait de plaifir à Vauxhall. Ils me reconnurent auffi tous les deux , & parurent tranfportés de joie de cette heu- reufe rencontre. Après les premiers com- plimens , ils me gronderent un peu de n'a- voir pas tenu ma parole d'aller les voir ; & je m'en excufai de mon mieux. Enfui- te nous ayant demandé quelle étoit notre

route, il fe trouva qu'il falloit fuivre le
même chemin qu'ils tenoient pour fe rendre à leur maifon de campagne ; ils nous
prefferent tant de les y accompagner, &
d'y paffer un jour ou deux, qu'il n'y eut
pas moyen de s'en défendre : nous y arrivâmes le foir même, c'étoit une maifon
belle & commode, qui par fa fituation &
fes ornemens faifoit un des châteaux les
plus jolis & les plus gracieux que j'aie vu
de ma vie. On nous y reçut avec autant
d'égards & de cordialité qu'on en auroit
eu pour les amis les plus intimes ; & nous
en fumes extrêmement fatisfaits mon com-
pagnon & moi. Le bon fens & l'œconomie du maître & de la Dame fe lifoient
aifément dans les regards contens des domeftiques ; & on voyoit un ordre & une
adminiftration excellente, jufques dans les
plus petites chofes. La table y étoit abon-
dante fans profufion, & tout y annonçoit la délicateffe la plus rafinée. Ils furent
reçus en arrivant par une jeune Dame
fœur du mari, qui reffembloit à la déeffe
des fleurs ; une douceur innocente regnoit
fur fon vifage, & jamais le foleil du matin n'eft orné de graces plus brillantes.
Elle nous falua auffi d'un air poli &
prévenant, qui nous pénétra jufqu'au fond
de l'ame. Le fouper fe fentoit de la générofité noble de notre hôte ; & nous
fimes enfuite une converfation où chacun
mit du fien, & qui nous donna très-bon-
ne idée les uns des autres. Il étoit tard

quand nous nous retirâmes ; on nous conduifit dans un apartement fort commode, où avant que de nous coucher nous paffâmes quelque tems à raifonner fur notre nouvelle connoiffance. M. Diaper fut curieux de fçavoir comment j'avois connu M. Bellair & fon époufe ; car c'étoit-là leur nom.; & je le fatisfis. Enfuite il fe répandit en louanges exceffives fur la beauté & les perfections de Miff Suckey. J'aperçus que fon cœur commençoit à fentir le pouvoir de fes charmes. Cette découverte me fit plaifir ; car j'avois remarqué en lui jufqu'alors une infenfibilité pour le beau fexe, qui ne me paroiffoit pas naturelle. Il ne fit toute la nuit que s'agiter, de tems en tems je l'entendois foupirer ; je l'en raillai beaucoup le lendemain matin. Mon cher Jofeph, me dit-il très-férieufement, à quoi me ferviroit de vous rien cacher ? Il faut vous avouer, que ce petit ange m'a beaucoup tourmenté : je donnerois un monde, fi je l'avois, pour obtenir une compagne d'un mérite auffi diftingué que cette aimable fille. Il prononça ces mots d'un air & d'un ton fi finguliers, que je ne pus m'empêcher encore de me réjouir à fes dépens ; mais voyant que cela lui faifoit peine, je changeai de difcours, & nous parlâmes très-férieufement de cette famille. Nous convînmes d'obferver tout, & d'examiner les difpofitions de cette jeune Demoifelle, fans laquelle il me proteftoit ne pouvoir vivre. Notre converfation fut interrompue par l'arrivée d'un domeftique qui vint nous avertir que le déjeuner étoit prêt. Nous defcendîmes auffi-tôt, & nous trouvâmes M. Bellair & les deux Dames, qui nous badinerent d'avoir dormi fi long-tems par une matinée fi charmante ; après le déjeuner on propofa une promenade au jardin, qui étoit fort vafte ; il y avoit à une de fes extrêmités un fort beau canal avec un cabinet pour repofer les pêcheurs , & une bordure de gazon verd tout autour. Il faut avouer Mrs , dit M. Bellair , que la pêche eft notre divertiffement favori ; ma femme , ma fœur & moi le prenons fouvent; il ne nous empêche point de rêver, & nous nous faifons part enfuite de nos réflexions. Mais je vous affure que Miff eft la plus habile des trois , je ne crois pas qu'il y ait un feul poiffon dans ce canal qui n'ait mordu à fon hameçon dans un tems ou dans un autre. Mais comme la plupart des femmes , qui ne fe foucient des amans que pour augmenter le nombre de leurs conquêtes , quand elle s'en eft amufée quelque téms , elle leur rend la liberté. M. dit mon ami , fi Miff maltraitoit ainfi fes amans, je crois qu'il ne lui feroit pas poffible de leur faire autant de bien qu'aux poiffons, & ils chériroient trop leur efclavage pour fouhaiter leur liberté. Ce difcours la fit rougir ; & pour détourner la converfation , elle propofa d'envoyer chercher des lignes pour éprouver notre adreffe. Nous eumes tous du plaifir, à l'exception de mon ami.

Il étoit fi attentif aux actions de la jeune Miff, & fi occupé de fa paffion naiffante, qu'il ne prit rien. Elle lui dit en riant qu'elle auroit foin de pourvoir au dîner pour eux deux. A peine avoit-elle fini ces mots, que s'étant un peu trop avancée fur le bord, le gazon s'écroula fous fes pieds, & elle tomba dans l'eau, qui étoit affez profonde. Nous en fumes tous effrayés; mais M. Diaper fit un grand cri, & fe jettant auffi-tôt dans le canal, il la prit dans fes bras, & la raporta toute mouillée, & fort affoiblie par la peur qu'elle avoit eue. Cet accident n'ayant duré qu'un inftant, elle ne perdit pas entierement l'ufage de fes fens; le divertiffement finit, & nous la remenâmes à la maifon, où on la deshabilla, & on la mit dans fon lit. Son frere & fa fœur furent fi fenfibles à l'action de mon ami, que leurs remerciemens ne finiffoient pas: pour lui, il fe félicitoit d'avoir fait entrevoir fon amour, & il trahiffoit fon fecret en demandant à tous momens des nouvelles de Miff Suckey, jufqu'au point d'en être incommode. M. Bellair lui prêta un de fes habits jufqu'à ce que le fien fut feché; & ce gentilhomme lui frapant fur l'épaule, lui dit en badinant: J'ai bien peur qu'au lieu de vous rafraîchir, l'eau n'ait allumé en vous un feu qu'il ne feroit pas facile d'éteindre. Qu'en dites-vous, M. Thompfon? Votre ami feroit-il fâché d'avoir une jolie femme, & trois mille livres fterlings; pour moi, il peut être af-

furé de mon consentement. M. Diaper lui
fit une profonde révérence ; & fut si étourdi de cette ouverture & de cette bonne volonté, qu'il ne put lui répondre. On servit
le dîner ; la jeune Miss qui étoit tout-à-
fait remise, y assista ; mais elle étoit si con-
fuse toutes les fois que ses yeux rencon-
troient ceux de son libérateur, à qui elle
marqua beaucoup de reconnoissance, que
je ne doutai pas qu'elle n'eût l'ame aussi
sensible que lui. Cette remarque me fit
plaisir. Nous restâmes huit jours entiers
dans cette maison ; l'amour de M. Diaper
fit de grands progrès pendant ce tems-là,
& Miss Suckey ne le désaprouva point du
tout. Ils étoient toujours ensemble, & M.
Bellair, que j'avois instruit de son état &
de ses espérances, se prêta volontiers à lui
laisser toute la liberté qu'il put d'entretenir sa maîtresse. Nous eumes peine à nous
séparer de cette charmante famille ; & je crois
que Diaper n'eût pas été fâché que je fisse
seul le reste du voyage, s'il eût osé me le
proposer. Nous partîmes cependant, après
avoir promis d'y repasser encore huit jours
à notre retour. La séparation de ses amans
fut fort tendre ; & Miss en fut si troublée,
qu'elle ne put pas sortir de sa chambre pour
nous voir monter à cheval.

Jamais homme ne parut si changé que
M. Diaper ; il étoit toujours rêveur, & il
n'avoit plus la même vivacité, à chaque
instant il soupiroit ; & j'avois bien de la
peine à lui arracher quatre paroles le long
d'une

d'une journée, à moins que je ne le miſſe ſur le chapitre de ſa maîtreſſe ; pour lors il ne tariſſoit pas. Que de vœux & de proteſtations d'un amour & d'une conſtance éternelle ! Il me fit confidence de l'état de ſes amours ; & je trouvai avec bien du plaiſir, qu'il avoit réellement lieu de s'eſtimer très-heureux. Ainſi après avoir long-tems examiné enſemble toutes choſes, nous convînmes qu'auſſi-tôt notre retour, il demanderoit à ſon pere un conſentement pour conclure ce mariage. Nous arrivâmes le ſoir dans une fort bonne auberge, qui étoit ſi remplie de monde, que toutes les chambres étoient occupées, & qu'il n'y avoit de place que dans la cuiſine. Mon ami n'aimoit pas à ſe mêler avec des gens qu'il ne connoiſſoit pas ; & d'ailleurs ne pouvant point avoir d'autre auberge que fort loin de là, nous nous contentâmes de celle-ci, & nous commandâmes pour notre ſouper de mettre une volaille à la broche, ce qui fut fait à l'inſtant.

CHAPITRE XVIII.

Histoire de la bride enchantée. Aventures qui se passerent la nuit dans l'auberge. Discours entre le Docteur Talisman, Zelot le Ministre & Gage le Commis. Suites fatales de leurs disputes. Arrivée de Thompson chez son pere : joie que causa leur arivée.

LA compagnie qui étoit dans la cuisine, étoit composée principalement des domestiques de ceux qui occupoient les chambres : ils s'éloignerent du feu par respect à notre arrivée ; ainsi nous ne fûmes point du tout incommodés pendant le souper : au contraire, nous eumes le plaisir d'entendre les différens portraits qu'ils firent de leurs maîtresses, dont ils parlerent fort librement, suivant la coutume de ces sortes de gens. Nous ordonnâmes qu'on préparât nos lits, tandis que nous buvions un coup après le souper, & nous étions prêts à monter dans notre chambre, quand un jeune garçon entra dans la cuisine, en faisant grand bruit, & avec un air effrayé : il avoit les cheveux hérissés comme les pointes d'un porc-épic, le corps agité de mouvemens convulsifs, le visage pâle & défait : ses yeux étoient renfoncés ; il portoit tous les symptômes de la frayeur & de l'épouvente, & n'avoit pas la force

de prononcer un feul mot. En s'aprochant
du feu il jetta un grand cri, & s'évanouit.
Chacun fut étonné, & accourut pour lui
donner du fecours : on lui jetta au vifage
une bonne quantité d'eau , qui le fit revenir en peu de tems : il regarda autour
de lui avec une vue égarée , & s'écria
d'un ton de voix mal affurée : Eft-il parti ?
eft-il parti ? enfuite fe levant, & faifant
un ou deux tours dans la cuifine , il fe
remit à crier : Retire toi Satan ! O Dieu ,
ayez pitié de moi ; c'eft lui, le voilà !
Chacun le crut fou ; & l'hôteffe arrivant ,
fuivie de fon mari, pria les gens qui fe
trouvoient là , de le faifir , afin qu'il ne
fît aucun défordre. On n'y manqua pas :
on le fit affeoir ; pour lors il répandit des
larmes en abondance , qui furent fuivies
de fanglots & de cris réiterés. Hélas, dit
l'hôteffe , je me doutois bien qu'il arrive-
roit quelque malheur dans la maifon ;
mon fonge d'hier ne me le difoit que trop :
& pour le confirmer encore plus , c'eft
qu'il eft entré ce matin dans la maifon un
veau, qui m'a fait une grande frayeur. Le
pauvre garçon ! cette vieille coquine de
Jenny Barnes l'a fûrement enforcelé. Bon
Dieu ! c'eft une honte qu'on fouffre de
pareils diables dans la Paroiffe. Tais-toi ,
folle , lui dit fon mari ; tu as toujours quelque impertinence à nous chanter : fans
doutes tu lui auras mis dans la tête quelques-
unes de tes imaginations creufes. Leve
la tête, Jean ; qu'eft-ce que tu as ? Ce

garçon alloit lui répondre , lorfqu'en fe remuant fur fa chaife , il toucha avec fes talons le mors d'une bride qu'il avoit au cou , & qui pendoit jufqu'à terre , ce mors fit un cliquetis , qui le replongea dans les mêmes tranfports & les mêmes frayeurs qu'auparavant : il fe mit à crier le voilà ! n'entendez-vous pas fa chaîne ? O Dieu , ayez pitié de moi. Mon maître , envoyez chercher un Miniftre :. j'ai vu le diable. Le diable qui te poffede , dit le maître ; qu'a-t-il de commun avec mes écuries ? Non, non, repliqua cet homme tout en fueur ; je l'ai vu à la grange de Black Jack. Alors fe retournant , il continua ainfi : Ne l'entendez-vous pas ? Le voilà! Le voilà ! & il s'évanouit encore. Pour lors notre hôte regardant autour de lui , & appercevant la bride ; fit un grand éclat de rire. Oh , oh , dit-il , voilà tout le myf-tere découvert : allons , hé , grand ni-gaud , ne vois-tu pas qu'il n'y a ici ni chaîne , ni rien de femblable ; ce n'eft que le mors de la bride qui fait tout ce bruit: en difant cela , il lui donna un coup fur la joue , qui le fit revenir encore une fois : puis fe tournant vers la compagnie , il nous dit qu'un negre qui l'avoit fer-vi autrefois en qualité de valet d'écurie , s'étoit pendu dans une grange derriere la maifon ; que depuis ce tems-là il reve-noit dans la grange fur les minuits , & que bien des gens l'avoient vu traînant une groffe chaîne après lui. Ce pauvre gar-

çon, continua-t il, l'aura sans doute vu ou
entendu ; & oubliant qu'il avoit une bride
au cou , son imagination frapée lui aura
fait croire que ce negre le poursuivoit
dans la maison. Il en est de même de vos
contes de bonne femme , Madame, de
songe, de veau & de Jenny Barnes. Allons ,
sortez, montez & allez à vos affaires. Le
valet d'écurie convaincu pour lors de sa
méprise, voulut se lever ; mais il étoit si
affoibli, qu'il fallut le porter dans son lit :
& nous nous réjouîmes beaucoup de cet
effet des préjugés du peuple , & de la force
de l'imagination. Peu de tems après nous
allâmes prendre du repos , que cet accident nous avoit fait différer d'une ou deux
heures. Notre chambre donnoit sur une
longue galerie , qui servoit de communica-
tion à tout une enfilade de chambres , &
au bout d'en-haut , il y avoit un cabinet
d'aisance à l'usagé de tout l'étage : mais
par un grand défaut de précaution les portes
des chambres ne fermoient point à clef ,
& il falloit se contenter des loquets. A
peine commencions-nous à sommeiller ,
que nous entendîmes lever tout doucement
le loquet de notre porte , & quelqu'un
s'avancer vers notre ruelle , & qui disoit
en s'avançant : Parbleu Thomas, j'ai eu
bien de la peine à trouver mon chemin en
revenant de ces diables de commodités ;
il devroit y avoir toujours une lampe dans
la galerie ; car le tems est furieusement
noir. Quoi es-tu déja endormi ? Nous ne

répondîmes point , & il continua : J'ai
penfé à notre expédition de demain ; mais
je ne crois pas qu'il foit sûr d'attaquer le
caroffe ni le chariot ; car ils font bien
efcortés ; mais il y a deux jeunes hommes
qui ont foupé dans la cuifine ; ils paroiffent
bien fournis d'argent, nous ferions mieux
de fortir de bonne heure, & de nous en
affurer : ils vont du côté d'York, à ce que
m'a dit l'hôte , & qu'il y a bien à gagner
avec eux. Quoi donc, tu ne me réponds
pas ? tu as tant bu la nuit derniere, que
tu dors maintenant comme une fouche.
Pendant ce tems-là il alloit lever les cou-
vertures , lorfque me retournant comme
un homme qui fe réveille, je criai : Laiffez-
moi en repos : quoi, qu'eft-ce qu'il y a ?
Il aperçut auffi-tôt fa méprife, fit une promp-
te retraite , & fortit de la chambre : fur
quoi je pouffai mon ami ; & étant trop
frapé du difcours que je venois d'entendre,
pour ne pas tâcher d'en fçavoir davantage,
je fautai en bas du lit ; & marchant doucement après cet homme, je vis qu'il entroit
par la feconde porte après la nôtre. Quand
il l'eut fermée après lui , j'aprochai mon
oreille d'une fente, & je l'entendis parler
ainfi : Thomas , es-tu là ? Oui dit Thomas : où as-tu été ? Diable , je me fuis
trompé de chambre, & j'ai été parler de
notre projet de demain, comptant que c'é-
toit toi. Voilà, dit l'autre de tes tours ordinaires. Dans quelle chambre es-tu entré ?
A deux chambres plus haut, repliqua-t-il.

Bon, c'eſt juſtement celle des deux jeunes gens qui ont ſoupé dans la cuiſine. Cela eſt-il poſſible ? j'eſpere pourtant qu'ils étoient endormis ; mais le plus ſûr eſt de décamper avant qu'on ſoit levé, de crainte de pis. Si-tôt que j'eus entendu ces paroles, je les laiſſai conſulter enſemble, & je m'en retournai ; mais à peine avois-je fait trois ou quatre pas, que je ſentis deux bras autour de mon cou, & ces mots : Mon Dieu, Guillaume, que tu as été long-tems, je ſuis preſque morte de froid. Ce diſcours fut ſuivi d'une demi-douzaine de baiſers, apliqués ſi drus, que je n'eus pas le tems de me débarraſſer. Je n'eus pas de peine à m'apercevoir que c'étoit une femme qui avoit fait cette mépriſe ; & j'allois la détromper, quand une main qu'on ne voyoit pas, lui apliqua ſur le côté de la tête un coup qu'on auroit pu entendre de l'autre bout de la galerie, & elle tomba par terre en jettant un grand cri. J'apréhendois une pareille réception, ainſi je me tins bien ſur mes gardes. Mais entendant marcher fort vîte deux pieds nuds, je me retirai auſſi-tôt dans ma chambre ſans rien dire. Je m'aperçus que c'étoit bien elle, en entendant la voix de M. Diaper, qui me demanda pourquoi j'avois reſté ſi long-tems? J'allois lui raconter mon aventure, quand je ſentis encore quelque choſe qui vouloit paſſer devant moi : j'eus aſſez de courage pour m'en ſaiſir, en demandant : Qui eſt là ? On ne me fit aucune réponſe ; mais

au contraire de violens efforts pour fe dégager. Sur quoi je criai fortement, & je
me mis à fraper du pied de toute ma force. Que faites-vous ? me dit M. Diaper,
qu'y a-t-il donc ? Ce qu'il y a répondis-je :
je crois que tous les diables viennent ici
au fabat pendant la nuit. Cependant je
crois tenir quelque chofe qui eft bien
de chair & d'os. Tenez-le donc bien ,
dit-il, je vais m'affurer de la porté , jufqu'à
ce que nous fçachions ce que c'eft. A ces
mots il fauta hors du lit , & ma capture
tremblante me demanda en grace de le
laiffer aller ; & me dit qu'il avoit pris
notre chambre pour la fienne. Qui êtes-
vous, lui demandai-je ? Helas M. répondit-
il, je fuis le fommelier qui vous ai fervi
hier au foir. Je vous demande mille pardons
de cette offenfe, & du trouble que je vous
ai caufé. Hé bien, l'ami, lui dis-je , je
vous le pardonne : mais dites-moi, eft-ce
vous qui avez frapé quelqu'un tout à l'heure
dans la galerie ! M. me dit-il, vous me
paroiffez un bon cœur, je vais vous dire
la vérité. J'allois joindre Peggy , notre
cuifiniere, qui m'avoit donné rendez-vous ;
& je l'ai trouvée entre les bras d'un autre ;
c'eft ce qui m'a excité à la fraper. Je
fouhaite ne lui avoir pas fait de mal ; car je
vois par ce que vous me dites , que c'eft
qu'elle vous a pris pour moi. N'êtes-vous
pas un grand coquin de lui avoir donné
un pareil coup , lui dis-je ? Pour moi je
crois que vous l'avez tuée. Dieu m'en
préferve ,

préferve, M. dit-il ; mais vous fçavez ce
que la jaloufie fait faire ; & d'ailleurs, il
faut l'avouer, ce coup étoit deftiné pour
vous. Pendant ce tems on aporta de la
lumiere. C'étoit notre gros ventru d'hôte,
à qui le bruit que j'avois fait avoit donné
l'allarme. Je laiffai alors fauver le valet qui
s'enfuit avec toute la vîteffe poffible, &
j'aperçus le vieil hôte qui venoit avec circonfpection de notre côté. Mais la lumiere
l'éblouiffant, il trebucha fur cette pauvre
fille, qui étoit reftée par terre fans connoiffance ; & il tomba comme un vieux
pan de muraille ; la chandelle fauta fort loin
de là, & nous nous trouvâmes dans l'obfcu-
rité. Sa frayeur fut extrême, & il s'écria, en
grommelant ; mon Dieu, ayez pitié de
moi ! Sur quoi il me vint en tête une efpié-
glerie que je communiquai à mon ami :
nous étant aprochés de lui, nous lui faifimes
les deux oreilles que nous tirâmes bien
fort, & je répétai plufieurs fois d'un ton
de voix fépulcral, *barbara*, *celarent*, *darii*,
ferio, *baralipton*. Oui, répondit-il, je n'ai
été que trop barbare, Dieu le fçait ; & j'ai
maintenant bien de la frayeur ; ayez compaffion de moi, épargnez-moi. Je continuai
à lui lâcher les termes les plus inintelligi-
bles que je pus trouver, cela lui fit croire
pleinement que nous étions de mauvais efprits ; & nous eûmes lieu de nous apercevoir que la frayeur agiffoit fur lui de la
maniere la plus forte. Pendant tout ce tapage, la fille étant revenue à elle, & en-

I. Partie. N

tendant la voix terrible de fon maître, fe retira dans fa chambre. Les ronflemens qui fe faifoient entendre de tous côtés, nous convainquirent que tout le monde avoit cédé aux charmes de Morphée. Alors affectant une voix extraordinaire, je le tirai encore plus fort, & je lui dis dans l'oreille, que s'il ne congédioit pas promptement les deux voleurs de grand chemin qu'il avoit chez lui, je le déchirerois en piéces, & jetterois fes membres en l'air. Vous les logez continuai je, pour voler les deux jeunes gens qui ont foupé dans la cuifine; mais s'ils le font, vous ferez pendu à votre porte. Penfez bien à ce que je vous dis, & ne vous avifez plus à l'avenir de vendre du cidre pour du vin blanc. Si-tôt qu'il entendit ces mots il s'évanouit, & nous nous aperçumes que la frayeur lui avoit ôté l'ufage de fes fens. Nous le laiffâmes en cet état revenir tout feul, & allâmes chercher notre lit, d'autant plus que le jour commençoit à pointer, fort fatisfaits de notre vengeance, & des circonftances comiques dont elle avoit été accompagnée. Nous ne nous levâmes qu'à dix heures, & nous defcendîmes droit à la cuifine, où nous trouvâmes l'hôteffe caufant avec trois Meffieurs des aventures de la nuit précédente. Nous avons eu ici bien des affaires, dit-elle. Pour moi, je ne ferai pas affez hardie pour coucher davantage dans la maifon. Le pauvre Jacques a vu le négre la nuit derniere; & Peggy a eu une aparition, qui ne

luì donnera plus envie, je crois, de fe lever la nuit. Mais tout cela n'eft rien en
comparaifon de mon pauvre mari. Il a entendu fraper & apeller dans une des chambres de la grande gallerie, à ce qu'il croyoit;
c'étoit une malice du diable, pour le faire
monter ; il y a été faifi par deux monftres
qui vomiffoient du feu, & dont les yeux
étoient comme des charbons allumés. Ils
l'ont balotté, déchiré, avec leurs griffes, &
mis en tel état, que je crois qu'ils l'auroient tué, fi je ne me fuffe avifée de monter pour voir ce qu'il étoit devenu. Maintenant il extravague, & dit des chofes fi
étranges que je crois qu'il a perdu l'efprit.
Il a envoyé chercher deux hommes qui
dînoient, & quoique je fuffe fortie de la
chambre, j'ai entendu qu'il leur difoit qu'il
y avoit du danger pour eux de refter dans
la maifon ; & comme amis, il leur a con-
feillé de s'en aller ; après leur avoir parlé
de Dieu & de Religion. Effectivement ils
ont monté à cheval auffi-tôt, & font partis.
Je crois pour moi, qu'il les aura envoyés
chez quelque Evêque ; car je ne fçaurois
tirer un mot de lui ; & fi nous ne prenons
des précautions pour chaffer les efprits,
notre maifon fera ruinée infailliblement.
M. Zelot, voudriez-vous bien monter là
haut & lui parler ; car je l'ai quitté tout-à-
fait fou : peut-être que pour l'amour de
nous, vous pourrez envoyer ces malins
efprits dans la mer rouge. Les perfonnages
à qui ce difcours s'adreffoit, étoit le Mi-

N 2

niftre du village voifin , le Chirurgien du
même lieu , & le Commis aux Aides du
canton. Je les entendis nommer tous par
leur nom : ainfi j'apris que le Pafteur s'apelloit *Zelot*, le Chirurgien *Talifman*, & le
Commis *Gage*. Le Miniftre qui étoit un
petit animal pétulant , ferrant les lévres &
fronçant les fourcils , repliqua avec un air
de gravité finguliere, qu'il pourroit bien le
voir ; que cependant fon mari étoit un vau-
rien, qui n'avoit fait aucun acte de religion
depuis qu'il deffervoit fa Cure. Je ne fçais ,
ajouta-t-il , fi je dois proftituer ainfi mon
facré caractere. Cependant, Madame , par
raport à vous, on fera tout ce que l'Eglife
peut faire. Eût-il une légion de diables, je
vous garantis que j'en purgerai votre maifon. Notre ordre a affez de pouvoir fur le
royaume des ténèbres pour chaffer Satan
& tous fes fupôts raffemblés. Il n'eût pas
plutôt fini ce grave difcours, que Talifman, avec un fourire malin & méprifant,
le prit par le bouton de fon juft au-corps,
& fecouant à chaque mot le Miniftre qui
l'écoutoit , & qui apréhendoit d'en être
tout difloqué, lui répondit : M. M. toutes
vos prétentions font des folies & des ab-
furdités : il y a long-tems que le pouvoir
accordé aux Apôtres de chaffer les diables
a ceffé dans leurs fucceffeurs. Les diables
font à l'épreuve de tous vos exorcifmes, M.
& je vous affure que la puiffance de vos
fonctions ne va pas jufqu'à réuffir dans des
entreprifes de cette nature. Ainfi , Mada-

me, s'il y a des diables dans votre maison, ou que votre mari soit ensorcelé, j'entreprendrai de dissiper le charme, ce qu'il n'est pas possible de faire en suivant la vieille route des Prêtres. Non, non, je lui pendrai au col une préparation d'un électuaire minéral, dont se servoit le fameux Van-Helmont pour détruire les sortiléges, en y ajoutant la fumée des bois de Salomon & d'Eleazar. Bien plus, Paracelse dit clairement que si on fait uriner une personne ensorcelée ou possédée, sur un balai de bouleau, cueilli à la rosée du matin, & lié quand le soleil descend sous l'horison, cela produira son effet; mais j'ai encore d'autres moyens pour délivrer votre maison; & j'entreprendrai cette cure incessamment. A l'égard de ce que ces Messieurs disent des esprits, ce sont.... Ici il fut interrompu par Zelot, tout bouffi de colere, qui lui dit d'un ton furieux, qu'il étoit un visionnaire, & que tout ce qu'il venoit de débiter étoit une pure chimere. Qu'est-ce que votre Paracelse & votre Van-Helmont, dont les ouvrages se vendent à la beurriere à trois sols la livre? Je croyois que M. Talisman lisoit de meilleurs auteurs, & qu'il mettoit ses études à profit : il n'y a que lui certainement qui puisse feuilleter de pareils bouquins. Je ne doute plus que vous ne soyez assez superstitieux aussi pour croire à la pierre philosophale, & je gagerois que vous n'avez jamais vu de votre vie les *Principes de Newton*, quoiqu'il passe à

juste titre pour le Prince des Philosophes?
Prince des Philosophes, repliqua Talisman?
Prince des imbéciles, voulez-vous dire!
Je vous soutiens moi, que Newton étoit
un Plagiaire, & que tout ce qu'il y a de
bon dans ses ouvrages, il l'a tiré du vieux
Flamstead, & qu'il a fait un grand usage
des ouvrages de ces grands hommes que
vous venez de noircir. Je prenois bien du
plaisir à cette scene plaisante, & j'allois
placer quelques mots pour encourager le
Ministre, qui commençoit à perdre haleine, afin d'entretenir la dispute, lorsque je
fus prévenu par M. Gage, qui frapant le
pavé du bout de sa canne, après avoir avalé
un grand verre de biere, s'écria que ni
l'un ni l'autre n'étoit au fait de ce dont ils
parloient; que pour lui il n'avoit jamais entendu dire de mal de Newton, & qu'il
respectoit sa mémoire, ne fût-ce que parce
qu'il avoit prouvé que le monde étoit comme un œuf, quoique si cela est, ajouta-t-il,
ce doit être comme un œuf sans germe,
témoin la dispute que ces deux grands hommes avoient ensemble pour rien. Car je
veux mourir si je crois qu'il y ait ni sorti-
lege ni aparition dans le monde, & je suis
sûr que tout est une pure fourberie, & une
imagination creuse. Ce beau & spirituel
discours fut interrompu par un éclat de rire
de quelques momens, à la fin duquel un
animal tout ordinaire, qu'on apelle un
chat, & qui étoit sur les tablettes à vaisselle, immédiatement derriere notre ora-

teur, ayant aperçu le mouvement du ruban
qui pendoit à la queue de fa perruque, &
que l'air agitoit de côté & d'autre à mefure que l'orateur gefticuloit, s'élança tout
d'un coup de fon pofte, & lui découvrit
adroitement la tête, en faifant tomber fa
perruque, & lui imprimant fes griffes à
trois ou quatre endroits fur la nuque du
col. Gage y porta à l'inftant la main, &
fentant quelque chofe de velu, dans le
tems même que le danger où étoit l'hôte
fit jetter un grand cri à fa femme, fortit de
la cuifine tout épouvanté, & fit en fortant
certaines exclamations qu'on prit aifément
pour des effets de la peur : véritablement
il étoit effrayé ; car foit que le difcours qu'il
venoit d'entendre, ou que l'état actuel de
la maifon eût encore augmenté fes préjugés
naturels, il courut fans s'arrêter jufqu'au
village, d'où on vint chercher M. Talifman
pour l'aller faigner. Et cet incident mit fin
à leur fçavante difpute.

Nous nous mîmes alors à déjeûner ;
après quoi ayant compris par les premiers
difcours de l'hôteffe que les deux voleurs
avoient probablement changé de deffein,
nous montâmes à cheval & continuâmes
notre voyage en réflechiffant fur les caracteres finguliers & les préjugés habituels des
gens de villages, fur les difcours abfurde
& fans fuite que nous avions entendus,
& fur le moyen heureux que nous avions
trouvé de jetter de la terreur parmi une foule
de gens crédules & fots.

Il ne se passa rien de remarquable dans tout le reste de notre voyage. Mon ami s'occupoit presque toujours à contempler le bonheur qui l'entendoit dans la possession de la charmante Miss Suckey ; & je remarquai alors pour la premiere fois les changemens que l'amour produit dans un cœur bien épris. Un amant ne pense absolument à rien qu'à ce qui a raport à sa passion, dont l'objet occupant sans cesse son imagination, lui rend tout autre objet insipide & ennuyeux. Sa tête travaille avec tant de violence, que par une anticipation constante de ce qu'il désire, il jouit à chaque instant en idée du bonheur qu'il doit posséder un jour. Il converse avec sa maîtresse & cet enchantement est si fort, que si un ami le trouble dans ses méditations, il l'accuse de défaut d'égards. Toutes les fois que pareille chose m'arrivoit avec M. Diaper, il m'en grondoit avec tant de mauvaise humeur & d'un air si chagrin, que le seul moyen de lui rendre sa gaieté, étoit de partager avec lui ses transports imaginaires, & de me suposer comme lui témoin de quelque événement heureux. Cette feinte ne manquoit jamais de réussir.

Si-tôt que je découvris cet ancien séjour de la paix & de l'innocence, que j'avois perdu de vue depuis si long-tems, ma joie se fit connoître par mille expressions tumultueuses de cette satisfaction qui agissoit si visiblement sur mon visage. Mon ami prit part à ma joie ; mon plus grand
plaisir

plaifir étoit l'idée de celui que mon pere
& ma mere alloient goûter en nous voyant ;
& pour l'augmenter encore je n'avois pas
voulu leur marquer précifément le tems auquel nous partirions ; ainfi on ne s'attendoit point à nous voir fi-tôt. Nous laiffâmes
nos chevaux chez un fermier à un mille
de la maifon de mon pere, où je fus re-
connu avec joie & nous nous rendîmes
à pied. Nous arrivâmes précifément au
moment qu'on fe mettoit à table. M.
Diaper qui entra le premier, & que mon
pere & ma mere ne pouvoient pas facilement reconnoître, me préfenta à ma mere
qui en jettant les yeux fur moi s'écria: Mon
cher Jofeph ! Sa furprife penfa la fuffo-
quer. Je l'embraffai & lui demandai pardon de ma témérité, nos careffes furent
trop tendres & trop délicates pour pouvoir
être décrites. Mon pere vint à nous , &
nous preffoit dans fes bras. Les domeftiques étoient charmés , toute la maifon
retentiffoit de nos careffes mutuelles. Le
voifinage fut informé de mon arrivée ,
& il nous vint une foule de vifites. M.
Solfa fe diftingua , & fit mettre toutes les
cloches en branle. Mes chers parens voulurent en faire une efpece de fête , & ou-
vrirent leur maifon à toute la Paroiffe: en
un mot il n'y avoit point de fin aux marques
d'amitié dont on nous combloit de tous
côtés.

Le lendemain de notre arrivée au
matin , M. Sharpley & M. Archer, qui

I. Partie.   O

avoient été avertis la veille au soir de notre
arrivée, vinrent nous voir ; & leur vue
ne fit que fortifier de plus en plus l'amitié que je conservois toujours pour leurs
fils.

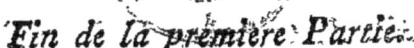

Fin de la première Partie.

www.ingramcontent.com/pod-product-compliance
Lightning Source LLC
Chambersburg PA
CBHW070856030726
47504CB00005B/1350